FANTASY STORY
고랭지 판타지 장편소설

디펜스 게임의 군주가 되었다

디펜스 게임의 군주가 되었다 제4권

초판 1쇄 인쇄일 | 2025년 04월 23일
초판 1쇄 발행일 | 2025년 04월 30일

지은이 | 고랭지
발행인 | 조승진

편집기획팀 | 이기일, 김정환
출판제작팀 | 이상민

펴낸곳 | 데이즈엔터(주)
주소 | (07551) 서울, 강서구 양천로 570, NH서울축산농협 NH서울타워 19층(등촌동)
전화 | 02-2013-5665(代) | **FAX** 032-3479-9872
등록번호 | 제 2023-000050호
홈페이지 | www.daysenter.com
E-mail | alldays1@daysenter.com

ⓒ 2025, 고랭지

이 책은 데이즈엔터(주)가 작가와의 계약에 따라 발행한 것이므로
본사의 서면 동의 없이는 어떠한 방법으로도 이용할 수 없습니다.

ISBN 979-11-427-0753-7
ISBN 979-11-7309-574-0 (세트)

※잘못된 책은 본사나 구입처에서 교환하여 드립니다.
※저자와의 합의하에 인지를 붙이지 않습니다.

※ 본 작품은 픽션입니다.
  본 작품에 등장하는 인물, 단체, 지명, 국명, 사건 등은 실존과는 일절 관계가 없습니다.

디펜스 게임의 군주가 되었다

제1장 촘촘한 설계   009
제2장 고기방패   023
제3장 화려한 보상   077
제4장 여신의 역사   119
제5장 광신   157
제6장 펫시스템   183
제7장 아이돌   223
제8장 호구와의 전쟁   249
제9장 심문   277
제10장 여신의 이름으로   293
제11장 A급 인재   321

한눈에도 사신의 상태는 좋지 않았다.

온몸이 검은 피로 뒤덮여 있었으며, 함께 온 기병 두 기는 쓰러지기 직전이었다.

'중요한 것은 시간.'

이번 작전은 타이밍이 생명이다.

조금이라도 시간이 어긋나면 매우 심각한 일이 발생할 것이다.

보통은 시간에 쫓기는 삶을 살아가는 아론이었지만, 이번만큼은 다르다.

"마이어 경, 내일 아침까지 시간을 끌어라."

"맡겨만 주십시오!"

마이어 경은 고개를 숙인 후 성벽을 내려갔다.

충직한 기사는 주군의 명령을 묻지도, 따지지도 않는다.

'어차피 오늘은 못 간다. 저 상태로 출발하는 것은 무리지. 그러나 내일 오전에는 반드시 돌려보내야 한다.'

한 가지 중요한 설계는 오라클 영지를 방문한 사신이 격노하게 만드는 것이다.

그리고 소식을 전해 들은 후작이 화를 주체하지 못하게 만들어야 한다.

도저히 아론을 두고 볼 수 없게끔.

이 부분은 계속 머리를 굴려 보았지만 답이 나오지 않았다.

알기 쉬운 문장을 사용해 후작의 눈깔을 뒤집히게 만든다?

사람 복장을 뒤집는 전문가는 따로 있다.

"주군! 찾으셨습니까!?"

말도르 경이었다.

성질 더러운 성기사.

전에는 단순히 화가 많이 쌓인 인간이라 생각했었는데, 적을 도발하는 능력이 매우 출중했다.

"말도르 경, 요즘 적을 도발하는 기술은 연마를 잘 하고 있나?"

"어떻게든 노력(?)하고 있습니다. 장인을 찾아다니며 연마하고 있죠."

말도르 경이 씩 웃으며 자신감을 드러냈다.

이 특이한 성기사는 아론이 쥐고 있는 히든카드였다.

'전문가가 나서면 다를 수 있지.'

"작전의 개요는 충분히 숙지했으리라 믿는다."

"후작을 격노하게 하여 군대를 이끌고 오게 만드는 것입니까?"

"맞다."

말도르는 굉장한 자신감을 드러냈다.

가슴을 팡팡 치며 실패할 리 없다고 말했다.

"내일 오전이다. 그때 경의 실력을 보겠다."

"그렇지 않아도 이런 일이 있을 줄 알고 연구하고 있었습니다."

"좋은 자세다."

"후작은 출병할 수밖에 없을 겁니다."

'대체 무슨 말을 하려고?'

관계를 수틀리게 만드는 전문가의 발언이 은근히 기대되었다.

말도르 카브란은 적에게 어떤 도발을 먹여 줄까?

라피언 후작 가문의 기사단장 바드론 레이올드는 만신창이가 된 채 오라클 영지에 도착했다.

'대단한 신성 마법이다.'

요새 밖에 펼쳐진 거대한 막은 몬스터의 진격을 막아 주었다.

어떤 원리인지 몰라도 사람에게는 통하지 않았다.

바드론은 보호막을 통과한 후 안도의 한숨을 내쉴 수 있었다.

오라클 영지에 접어들자 웅장한 성벽이 모습을 드러냈다.

기존의 성벽을 수리하고 증축하는 과정이었는데, 인부들이 정신없이 움직이며 공사를 해 나갔다.

성문도 매우 튼튼했다.

흔하게 보던 목재가 아니라 전면이 강철로 막혀 있었다.

이런 성벽이면 화공도 통하지 않을 것이다.

'정공법으로 뚫을 수밖에 없겠군.'

물론 걱정은 되지 않았다.

산간벽지의 남작 따위가 동부 사령관의 군세를 막을 수 있을 리가.

"멈추시오!"

웬 기사가 그들의 앞을 가로막았다.

자세히 보니 한 번 만난 적이 있는 마이어 제렌스 경이었다.

"마이어 경, 오랜만이오."

"단장께서 어쩐 일이십니까?"

"남작에게 급히 전해야 할 말과 서신이 있으니 안내해 주게."

"……."

마이어의 눈썹이 꿈틀거렸다.

아론 오라클은 공작 작위를 물려받았다.

풀네임은 아론 하이드 오라클 공작.

후작 가문 기사가 공작을 까 내리니 분노가 이는 것이다.

하지만 그 표정은 가라앉았다.

"허허허, 여기까지 오셨는데 치료부터 하시죠. 그 꼴로 전하를 알현할 수 없습니다."

"뭣이?"

"경은 물론 함께 온 기병들은 죽기 직전으로 보입니다만."

바드론은 잠시 생각했다.

마이어의 말이 틀린 것은 아니다.

여기까지 여러 고비를 넘기며 왔다.

열 명으로 출발한 기병이 셋으로 줄었을 만큼 많은 전투가 있었다.

쉬지 않고 왔기에 바로 쓰러지고 싶었던 것이다.

"……어쩔 수 없지. 치료를 받겠네."

"잘 생각하셨습니다."

쿠구구궁!

거대한 성벽이 열렸다.
잠시 후 펼쳐지는 알파드 요새 내부.
한때 버려진 곳이 맞는지 생각조차 할 수 없을 만큼 깔끔하게 정리되고 있었다.
새 건물이 지어지고 길은 잘 닦였다.
그 흔한 분뇨조차 길거리에 없다.
노동을 하는 백성들은 눈을 번뜩거렸다.
강제로 일하는 것이 아니라 뭔가에 홀린 채 노동하는 것이다.
'신앙을 이용한 착취라니! 그냥 두면 큰일 나겠군.'

해가 완전히 떨어진 밤.
이쯤 되면 사신이 아론을 만나자고 강짜를 부릴 수 없다고 생각했다.
밤이 되면 마물은 더욱 강해졌으니까.
그럼에도 기어코 바드론 단장이 아론을 찾아왔다.
"죄송합니다, 주군. 몸을 추스르느라 말렸지만 강짜를 부리는 바람에……."
마이어 경은 고개를 숙일 뿐이었다.
"별수 없지. 내가 처리하겠다."
아론은 집무실에 서류를 산더미처럼 쌓았다.
실제로 하루에 처리하는 업무량은 상상을 초월했다.

많은 업무를 가신들에게 전가했음에도 그렇다.

그는 디펜스 워의 고인물이었고, 어떤 식으로 영지를 운영해야만 미래를 대비할 수 있는지 잘 알았다.

대부분의 업무에 손을 대고 있었으므로 실제로 바쁜 것도 맞다.

벌컥!

"남작님께 할 말이……."

"……."

사신이 아론의 책상을 보고는 할 말을 잃었다.

서류에 가로막혀 얼굴이 보이지 않았기 때문이다.

'가능하면 아침에 대화를 나누어야 한다. 말도르 경은 한창 연구(?) 중일 것이고, 괜히 놈들이 야밤에 영지를 나갔다 죽으면 후작이 제시간에 군을 몰고 올 수 없다.'

"으으으……. 꼭 오늘 해야겠나?"

풀썩.

아론이 일어나 비틀거리다 그만 쓰러졌다.

"주군!"

마이어 경이 달려와 아론을 부축했다.

대기하고 있던 근위병들까지 달려와 호들갑을 떨었다.

"영주님께서 쓰러지셨다! 당장 신관을 불러라!"

"예!"

어떻게든 뜻을 관철하기 위해 왔던 바드론은 뜨악한 표

정으로 한발 물러났다.
 살짝 코를 비틀어 피까지 쏟아 주면 완벽하다.
 이 정도는 치료 마법으로 순식간에 고칠 수 있을 테니까.
"헉! 피!?"
"주군! 정신 차리십시오!"
"내, 내일 이야기합시다!"
 바드론이 기겁하며 집무실을 빠져나갔다.
 아론은 자리를 툭 털고 일어났다.
"내 연기가 어땠나?"
"웬만한 연극단 주연을 해도 될 것 같습니다."
"내가 주연이면 쓰나. 말도르 경이 있는데."
 이것으로 아론이 할 일은 다 했다.

 다음 날 오전, 시청 회의실에 가신들이 모였다.
 어젯밤에 후작의 사신이 아론을 만나고자 했었지만, 돌려보냈다.
 혼신의 연기가 먹혀 들어간 것이다.
 오늘 출발하려면 제대로 치료해야 하지 않겠냐는 마이어 경의 말이 맞기도 했고.
 바드론 레이올드 단장은 당당하게 아론과 마주했다.
"아론 오라클 남작님께 경고를 하러 왔습니다."
 웅성웅성.

"감히 남작이라니!"

"작위를 승계한 것이 언제인데?"

가신들 가운데 소란이 일었다.

아론은 손을 들어 제지했다.

오늘은 말도르 경의 독무대가 될 것이다. 굳이 다른 사람이 나서서 힘을 뺄 필요가 없는 것이다.

"경고라……. 해 봐라."

"자비로우신 동부 사령관께서는 남작의 참칭을 한 번은 용서하신다고 했소. 백기를 들고 후작 가문에 귀부한다면 지난 죄를 묻지 않겠다고 하셨으니 잘 생각하고 답해야 할 것이오."

"거절하면?"

"동부 사령관의 분노가 오라클 영지를 휩쓸 테지. 남작은 살아남을 수 없을 것이오."

"하! 과연 잡놈의 새끼는 생각부터 다르구나."

"지금 뭐라고……."

말도르 경이 앞으로 나왔다.

아론은 물론 가신 전원이 기대를 걸고 있었다.

적을 도발하는 특수 임무.

시간에 맞춰 적을 끌어들여야 했기에 매우 중요했다.

"후작인지 x장인지 하는 놈에게 전해라. 작위가 똥구멍에 달린 놈은 간신배들이 핥아 주면 좋아 죽으려는지 모르겠으나, 고귀한 핏줄은 다르다. 그따위 잡놈을 동부 사령관이라 하겠나? 동네 사령관이면 몰라도."

"……!"

웬 삼류 용병이나 할 소리에 다들 뜨악한 표정을 지었다.

현대인으로서 웬만한 욕을 숙지하고 있는 아론조차 이게 맞나 싶을 정도였다.

후작은 졸지에 x장이 됐다.

그 뒤로 나온 욕은 차마 듣기가 두려울 지경이었다.

아군도 귀를 씻어야 할 정도였는데, 자신의 주군이 모욕되고 있는 현장에 있던 바드론 레이올드는 말문까지 막혔다.

그리고 뒤늦게 격노했다.

"네, 네놈! 감히 그걸 말이라고!"

"동네 사령관 x장 놈에게 전해라. 그 잘난 작위로 피똥 싸고 싶지 않으면 당장 달려오라고. 정당하게 작위를 승계하신 공작 전하께 개처럼 배를 보이라고 말이다. 사죄가 끝나면 영지를 회수하고 작위를 강등하는 수준으로 용서할 것이다."

"미친……."

"정말 실망이다. 겁 많은 개가 짖는다더니 애새끼 하나 보내 대신 짖게 하니, 논외의 가치도 없음이다."

"아니, 아론 남작! 도대체 이 미친 작자는 누구요!?"

"성기사 말도르 카브란 경이다."
"성기사!?"
"당장 가서 전해라. 5일 주겠다. 그 안에 와서 엎드리지 않는다면 인정하는 것으로 선언하지."
"하……! 후회할 것이오!"
아론은 어깨를 으쓱였다.
얼마나 열이 받았는지 바드론 레이올드는 씩씩거리며 화를 숨기지 않았다.
사신이 이렇게까지 화를 내는 경우도 드물다.
고귀한 성기사에게 이렇게까지 모욕을 받았고, 그걸 군주가 인정하기까지 했으니 말을 이을 수 없었던 것이다.
야만의 시대라지만 기사들은 걸쭉한 욕에 면역이 없었다.
얼마나 충격을 받았을지 충분히 짐작할 만했다.
아론은 좌중을 불러 봤다.
다들 정신이 혼미한 모양이었다.
"험험."
결국 아론의 기침 소리에 정신을 퍼뜩 차렸다.
"말도르 경."
"예, 주군."
"도대체 그런 욕은 어디에서 배웠나?"
"용병 출신 병사들에게 자문을 좀 구했습니다. 후작이자 동부 사령관을 격노하게 하는 방법을 물었더니 해답을 얻었지요."

"허."

"그걸 좀 다듬었을 뿐입니다."

"……."

"배움에는 끝이 없었습니다. 평소 제가 영지 최고의 입담꾼이라 자부하였으나, 아직 멀었다는 생각이 들더군요. 오늘 잘 먹혔을지 모르겠습니다."

"잘 먹혔을 것이다. 발상의 전환이 대단하더군."

"원래 x장이란, 절지동물의 중장 다음의 창자를 이르는 말입니다. 용병들 사이에서는 속된 말로 자주 쓰인다죠. 후작과 어감이 비슷해 도발하기 좋은 단어라고 생각했습니다."

"그렇기는 한데."

'앞으로 후작 작위는 다들 기피하게 되는 것 아니야?'

"더욱 정진하겠습니다!"

말도르 카브란은 눈을 빛냈다.

아론은 이 정도면 충분하다 생각했지만, 적을 도발하는 데 연구하겠다는 성기사를 말릴 수가 없었다.

"그……래."

과연 이 말을 전해 들은 라피언 후작이 어떻게 반응할까?

모르긴 해도 엄청나게 분노할 것임은 틀림없었다.

[121:22:14]

'대략 5일.'

아론은 지난 며칠 동안 알파드 요새에 머물며 할 수 있는 모든 일을 했다.

4챕터를 넘기는 것이 목표였다.

그러나 이후로 난이도가 급격하게 올라가는 것이 문제였다.

디펜스 워는 악마 추종자와 그 무리, 마물을 막는 것뿐만이 아니라 경영과 전략 시뮬레이션을 포함하고 있었다.

어떤 식으로 영지를 경영하느냐에 따라 난이도가 낮아질 수도, 높아질 수도 있었다.

이번에는 고기 방패를 이용해 넘기는 것이 가능할 것이다.

쇠락한 뱀파이어 로드와 하수인들은 상대할 수 있을 테지만 문제는 그다음이었다.

클리어를 하더라도 피해를 많이 입게 된다면 5챕터를 넘기는 것이 불가능해진다.

쿠구구구!

점점 몰려드는 검은 안개.

침공까지 5일이나 남아 있었지만, 검은 안개는 육안으로 식별이 될 만큼 몰려왔다.

'4챕터 이후 병력은 최소 3천까지. 기사단 규모도 늘려야 한다.'

아론의 계획이 가능하려면 라피언 후작 가문 기사들과 그랑칸 남작 가문의 기사를 온전히 흡수해야만 한다.

그 과정에서 많은 진통이 예상된다.

세 가문 세력의 혼합이다.

병사, 백성, 가신에 이르기까지 신의 이름으로 묶어 어떻게든 앞으로 끌고 가야 한다.

아론에게 주어진 무기는 '신성 군주'라는 시스템 하나다.

통합은 매우 어려운 문제였기에 디펜스 워의 난이도가 매우 높다는 이야기가 나오는 것이다.

여러 가지 생각이 휘몰아쳤다.

점점 더 어려운 나날을 보내게 되겠지만, 그에게는 경험과 지식이 있었다.

일도 나름 잘 풀리고 있었으니, 다음 챕터 역시 넘길 수 있지 않을까?

"아니야. 방심은 금물이지."

아론은 라이칸스로프를 상대했을 때를 떠올렸다.

방심하다 그대로 죽을 뻔했다.

어떤 변수가 있을지 몰랐기에 노력을 게을리해서는 안 된다.

"주군!"

"무슨 일인가?"

"그랑칸 남작이 영내로 들어왔습니다."

"꽤 빠르군."

"남작은 물론이고 백성과 기사, 병사들까지. 오라클 영지만이 유일한 희망이란 사실을 알고 있기 때문 아닐까요?"

"그럴 테지."

"지금 베르칸 시 광장에 미사가 준비되고 있습니다."

"잘됐다. 남작과 그들의 백성들도 참석하라 명하도록."

"예, 주군."

칼슨 경이 성벽에서 내려왔다.

정오에 있을 미사를 주관하기 위해서는 지금 바로 올라가야 했다.

베르칸 시 외곽.
그랑칸 아데스터는 영지에 도착하자마자 이주를 시작했다.
영지전이 이동하는 계획.
쉽지는 않았다.
영지에는 평생을 걸쳐 이룩한 모든 것이 있었다.
그랑칸 남작도 그랬지만 모든 백성이 마찬가지였다.
절망하는 백성들에게 그는 좋은 말로 설득할 수밖에 없었다.

[지금은 떠나지만 신성 보호막의 권역은 계속 넓어진다. 우리의 고향에 여신의 축복이 내렸을 때, 돌아올 것이다. 허나 지금 이곳에 남는 것은 자살행위다.]

백성들은 어쩔 수 없이 남작을 따랐다.
영지가 전방위적으로 공격받아 무너지기 직전이라는 사실을 다들 실감하고 있는 것이다.
이번 작전에 오라클 가문의 병력 500명이 지원을 해 주었다.

실력 있는 전 왕실 기사단장이 군을 이끌고 있었으므로 큰 피해 없이 이주할 수 있으리라 생각했다.

여기까지 오는 동안 다소의 병력과 인명 손실이 있었지만.

'도착했다.'

거대한 성벽이 보였다.

베르칸 시는 구 베르칸 백작령의 영주성이었다.

북부의 지배자라는 말에 걸맞게 엄청난 규모였으며, 최근에는 증축을 거듭해 공성을 할 엄두를 내지 못할 정도로 단단하고 높아졌다.

"제레미 경."

"예, 남작님."

"경은 공작님의 정책을 어찌 생각하십니까?"

"정책이라면?"

"종교를 중시하는 정책 말입니다."

"허허허, 그건 정책이 아닙니다."

"그렇다면……?"

"보시면 압니다. 이 땅에 기적이 강림했음을."

"……."

'왕실 기사단장이었다는 사람이 종교에 이토록 흔들리나?'

공작에게는 미안한 일이었지만 그랑칸 남작은 무교다.

종교란 의지할 곳 없는 사람들이 허상을 쫓는 행위라 여졌다.

여신의 힘이 그리 강해서 인간을 버렸을까?

'권력의 수단이라 보아야겠지.'

두두두두!

그들이 접근하자 베르칸 시에서 마중을 나왔다.

기병 한 개 분대를 끌고 온 사람은 성질 더럽기로 유명한 성기사 말도르 카브란 경이었다.

"어서 오십시오! 노고 많으셨습니다."

"말도르 경! 이렇게 마중을 다 나와 주시니 감사할 따름입니다."

"자자, 서두르시죠. 곧 미사입니다."

"아, 예."

그랑칸 남작은 고분고분하게 말을 들었다.

괜히 말도르 카브란에게 책잡힐 짓을 했다가는 앞으로 생활이 고달파질 것을 짐작했기 때문이다.

'오자마자 종교 예식에 참석하는군. 부디 공작의 말에 우리 백성들이 현혹되어야 할 텐데.'

그랑칸 남작은 오라클 공작 가문에 투신하기로 마음먹었다.

기왕 공작이 신성 군주를 표방하는 것이라면 자신의 백성들도 광신도로 만드는 것이 통치에 유리했다.

그저 본인만 종교에 빠지지 않으면 된다.

베르칸 시 중앙 광장 예배당.

정확하게 말하면 신전이었으며, 그 앞에 수만의 인원을 수용할 수 있는 광장을 건설했다.

아론이 신앙을 문명의 방향으로 결정한 이상, 제7일의 종교 예식은 빼놓을 수가 없었다.

제6일 밤이 되면 다음 날의 설교를 준비하는 것도 일이었다.

미사가 진행되자 남작가에서 온 백성들은 귀찮아 죽겠다는 표정을 짓고 있었다.

열광하고 있는 오라클 영지 사람들을 보며 이해가 안 된다고 이야기하는 소리도 들렸다.

아론은 그들에게 신앙을 심어 주어야 했다.

아데스터 영지에서도 믿음을 가진 백성들은 있었지만, 그 지방 특성상 여신을 광적으로 숭배하는 신도는 많지 않은 듯했다.

'메인 스킬이 레벨 5에 달했고 새로운 효과를 얻었지.'

아론도 믿는 것이 있었다.

"그럼 신성 군주님을 모시겠습니다."

"신성 군주여, 우리를 빛으로 인도하소서!"

양손을 모으는 백성들.

구 베르칸 백작령 백성과 공작 가문 백성도 흐름에 물들고 있었다.

아론의 목표는 모든 백성을 광신도로 만드는 것.

저벅. 저벅.

그는 천천히 광장 한가운데로 나아갔다.

'신성의 오라'는 단상에서 사용하는 것보다 광장 한복판에서 사용하는 것이 좋다.

사방 200m에 이르는 범위 안에서 효과를 발휘하기에 강행군을 해 왔던 백성이 그 효과를 받으면 단숨에 피로가 회복될 터였다.

털썩.

아론이 한쪽 무릎을 꿇고 성호를 그었다.

군주가 이런 식으로 나오자 이사하느라 피로했던 백성들도 어쩔 수 없이 무릎을 꿇었다.

파아앙!

'신성의 오라.'

사방 200m 내에 신성의 오라가 발현됩니다.
HP 회복률 +5
언데드에 대한 대미지 +5
힘 +1, 체력 +1

"허억!"
"모, 몸이 낫는다!"

"정말 기적이 일어나고 있나?!"

말이 200m이지, 웬만한 소형 운동장 정도의 크기다.

그 안을 사람으로 빽빽하게 채우면 상당히 많은 사람이 들어간다.

범위 안에 속한 백성들은 피로가 풀리는 것을 느끼고 있었다.

지속적으로 최하급 힐이 시전되는 정도의 효과가 있었으므로 웬만큼 작은 부상들은 모조리 치료되었다.

뿐만 아니다.

일시적이지만 힘과 체력이 높아지면서 더욱 큰 효과를 느끼고 있는 것이다.

기운을 되찾은 아데스터 영지의 백성들은 매우 진중한 자세를 취했다.

무신론자라고 짐작되는 그랑칸 남작조차 그랬다.

그 역시 여기까지 오느라 피로했는데, 빠르게 피로가 회복되자 의아함을 느끼는 중이었다.

아론이 자리에서 일어나자 백성들도 몸을 일으켰다.

'신성의 오라부터 쓰기를 잘했지. 그게 아니었으면 설교를 듣지 않으려 했을 것이다.'

기적을 먼저 보였다.

그에 따라 다들 눈빛이 달라졌으니, 아론의 정신 교육은 잘 먹혀들어 갈 것이다.

"새 백성들을 환영한다. 여기까지 오느라 고생 많았다. 여신의 땅으로 오는 동안 공격도 많이 받았을 것이며, 그 전에도 힘겨운 삶을 살아왔을 터이다. 왜 그런 고생을 해야 했는지 의아하겠지. 오늘은 세상이 왜 멸망하게 되었는지에 대해 말하려 한다."

"……!"

웅성웅성.

여신이 빛을 잃어 가고 있는 세상.

신도가 되는 입장에서 아론이 꺼내려는 주제는 금기로 여겨졌다.

하지만.

'인식을 바꾸어야 한다.'

언젠가는 한 번 거쳐야 할 일.

이런 식의 정신 교육은 반드시 필요했다.

"대륙은 악마가 점령한 것처럼 보인다. 일부 사람들은 여신이 마신에게 패하여 쇠락했다고 믿는다. 그러나 그건 잘못된 정보다."

약간의 소란이 일어났다.

아론은 가만히 소란이 잦아들기를 기다렸다가 말을 이었다.

"지금의 상황은 여신께서 계획하셨다. 마신과의 전쟁에서 패배한 것이 아니다. 오만한 인간과 지상계를 악마로 하여금 쓸어버리려고 하신 것. 성서를 조금이라도 읽어 본 이들은 알 것이다. 인간계에는 총 두 번의 멸망이 있었다는 사실을."

사람들이 고개를 끄덕였다.

오만에 빠진 인간을 징벌하기 위해 신은 인류를 두 번이나 멸망시켰었다.

한 번은 지상의 불로 문명을 쓸어버렸으며, 또 한 번은 혜성을 떨어뜨려 문명을 없앴다.

"그때마다 여신의 뜻에 따라 살아남은 신도들이 있었다. 우리 인류는 그들로 인해 다시 번영하였으나 또 오만해졌다. 여신의 권위에 도전하기 위해 신앙을 버린 것이다. 타락과 범죄가 끊이지 않았으니 세 번째 멸망이 계획되었다."

"그런 계획이……."

"모든 것은 여신의 뜻이었던가!"

아론이 기적을 내보였기에 사람들은 잘 받아들였다.

기존부터 함께했던 백성들은 말할 것도 없었다.

"그러한 계획 속에서 너희는 선택되었다. 새로운 세상에서 시작할 수 있는 권리를 얻은 것이다. 이는 명백한 축복. 이 땅에 여신의 기적이 임하였다. 곧 신께서 오만한 자들을 쓸어버린 후 점차적으로 세상을 정화할 것이다. 저 신성 보호막은 여신의 기적임과 동시에 우리를 시험하는 장치다.

여신께서 시련을 내리는 도구로도 사용된다. 모든 사람들이 여신 앞에 통합되지 않는다면, 또한 오만을 부린다면 현인류는 모조리 멸망하고 만다. 허나 나는 확신한다. 우리는 여신의 뜻을 이어 가며 통합될 것이라고. 그리하여 신인류의 주역이 될 것이라고."

백성들의 눈에 열망이 피어났다.

광신도가 늘어난 느낌이다.

방금 도착한 백성들도 마찬가지였다.

선(?) 기적, 후 연설.

여신의 기적이라는 증거부터 들이대자 연설은 잘 먹혔다.

"여신께서 계시하시길, 우리 모두는 하나라고 하시었다. 그러니 노력하라! 이 땅에 거주할 자격이 있음을 증명하라."

"와아아아!"

설교가 끝나자 환호성이 곳곳에서 터졌다.

이미 광신도나 다름없는 오라클 영지의 백성들은 물론, 벅찬 감정이 모든 사람에게 전파되었다.

그랑칸 남작조차 분위기에 휩쓸려 환호했다.

그걸 본 아론의 생각은.

'하……. 사이비 교주 노릇하기도 힘들구나.'

미사가 끝났다.

아론은 이번 설교를 통해 새롭게 백성이 된 자들을 '정신 교육' 했다.

우리가 선택된 사람들이라는 사실을, 그러므로 타락하지 않고 통합되어야 한다는 점을 강조했다.

그 효과는 어떨까?

"선택된 백성이 되기 위해서는 열심히 일해야 한다!"

"오오오!"

기사들이 선동했고, 백성들이 따랐다.

다들 팔을 걷어붙였다.

가을도 깊어가는 계절.

날씨가 흐린 지금은 꽤나 쌀쌀했음에도 얇은 옷 하나만 걸치고 일했다.

어차피 땀이 나면 두꺼운 옷은 방해만 된다는 이유였다.

'나쁘지 않은데.'

신앙이 없는 사람이 교주 노릇을 하려니 힘들기는 했다.

일주일에 한 번씩 되도 않는 헛소리를 그럴싸하게 지껄이는 것도, 항상 신실한 척하는 것도 부담이 된다.

하지만 백성들이 광신적으로 변해 일하는 모습을 보면 뿌듯하긴 했다.

'경제가 구축될 때까지는 어쩔 수 없다.'

지금 백성들은 무급으로 일했다.

식량 사정이 넉넉하지 않아 배급을 하는 것만으로도 힘에 부친다.

경제는 내년 봄이 되어야 재건될 것이다.

멸망해 가는 세상 속, 모든 교역이 끊어졌기에 자급자족 체제를 건설해야 했다.

그것을 위한 나날이었다.

"주군."

"그랑칸 남작, 여기까지 오느라 고생했다."

"아닙니다. 저보다는 제레미 경이 고생했지요."

전 왕실 기사단장 제레미 경은 고개를 한 번 숙여 보인 후, 능숙하게 병력을 지휘해 재배치에 들어갔다.

모든 인력들이 자신이 맡은 바 임무에 충실했다.

광산의 운영도, 농지의 확장도 순조로웠다.

까딱 잘못하면 모든 것이 무너지는 상황이었지만 희망의 끈은 놓지 않는 것이다.

아론의 뒤를 그랑칸 남작이 쫓아왔다.

"주군, 질문이 있습니다."

"해라."

"여신께서는 실존하십니까?"

"의심하지 말라. 여신의 인도가 아니라면 살아가지 못한다. 우리는 한 번도 실패하지 않았으며, 그것은 계시 때문이다. 5일 후 대침공을 예상하고 있는 것도 그분의 말씀에 의해서지."

"라피언 후작 가문과 전쟁을 한다는 소문을 들었습니다만……."

"무엇이 걱정인가."

"전 동부 사령관과 전쟁이 나면 어렵지 않겠습니까?"

합리적인 의심이었다.

한때 이민족의 침입을 막던 사령관이 쳐들어온다?

이건 아무리 아론이라고 해도 힘들다.

미친 도박이 가능한 이유는 그 시기에 대침공이 일어나기 때문이다.

후작이 아론에게 마수를 뻗치고 있는 이상, 충돌은 불가피하다.

이런 식으로라도 위기를 넘기고 기회로 삼는 수밖에 없는 것이다.

"아니. 그들은 고기 방패가 될 것이다."

아론은 그렇게 확신했다.

쿠구구구!

짙어지기 시작한 검은 안개가 온 세상을 집어삼켰다.

짙은 안개가 라피언 후작의 등 뒤에서 쫓아왔다.

뭔가 심상치 않은 조짐이었지만, 그럼에도 후작은 멈출 수가 없었다.

'아론 오라클! 감히 그 간사한 혓바닥을 놀린 대가를 치르게 될 것이다.'

5일 전, 바드론 레이올드 단장이 영지로 돌아왔다.

그의 입에서 나온 말은 태어나서 한 번도 들어 본 적 없는 모욕이었다.

[후작인지 x장인지 하는 놈에게 전해라. 작위가 똥구멍에 달린 놈은 간신배들이 핥아 주면 좋아 죽으려는지 모르겠으나 고귀한 핏줄은 다르다. 어디 그따위 잡놈을 동부 사령관이라 하겠나? 동네 사령관이면 몰라도.]

[정당하게 작위를 승계하신 공작 전하께 개처럼 배를 보여라. 영지를 회수하고 작위를 강등하는 것으로 용서할 것이다.]

단장에게 토씨 하나 틀리지 않고 말하라 압박했더니 귀가 더럽혀졌다.

아론 오라클에게 받은 서신도 마찬가지였다.

욕과 조롱이 반이었다.

비록 x장이나 똥구멍 등의 비속어는 직접적으로 사용하지 않았지만, 그에 버금갈 정도로 강력한 욕이 지면을 가득 채웠다.

공작 작위를 계승했다는 놈의 글이라고는 믿을 수가 없

을 정도였다.

비속어는 말도르 카브란이라는 성기사(?)가 한 말이란다.

라피언 후작은 그 말이 성기사의 입에서 나왔을 리가 없다고 생각했다. 뒤에서 군주가 지시하지 않는 이상, 할 수 없는 짓이다.

으득!

"어차피 쳐들어가려 했다. 시기가 당겨졌을 뿐."

후작은 바보가 아니다.

가능한 한 빨리 오라클 영지를 쳐야 한다는 사실을 잘 알았다.

명분이 필요한 가운데, 엄청난 욕을 처먹었으니 빠르게 쳐들어갈 수 있는 구실을 얻었다.

단순히 격노해 군을 움직인 것이 아니라는 뜻이다.

그렇다고는 해도.

'열이 받는 것은 어쩔 수 없지.'

생각할수록 기가 막혔다.

저 멀리 알파드 요새가 보였다.

바드론 경이 묘사했던 그대로였다.

'강철 성문은 물론이고 10m에 이르는 높이의 성벽. 망루도 있으며 소모품이 잘 준비되어 있다.'

5일 전에도 그랬으니 지금은 만반의 준비를 마쳤을 것이다.

하지만 그들의 병력은 500을 넘지 못하리라 예상된다.

확인한 병력이 대충 250명가량.

많아야 500명 정도를 준비했을 것이라고 봤다.

그에 비해 후작은 무려 3천의 병력을 가지고 있었다.

무력으로 점령하지 못할 리 없다.

"흠."

병력이 보호막을 통과했다.

갑자기 주변이 맑아진 기분이었다.

'신성 마법이겠지.'

인간에게 해를 미치지 못하는 신성 마법 따위는 무시해도 좋다.

그는 요새와 500m를 남기고 진군을 멈추었다.

두두두두!

그들이 모습을 드러내자 백기를 든 전령이 달려왔다.

"저, 저, 미친 인간이!"

순백의 갑옷을 입은 기사가 달려오자 바드론 경이 경기를 일으켰다.

"저놈이 말도르 카브란인가?"

"예, 주군! 저 인간이 감히 주군을 욕되게 했습니다! 제게 기회를 주시면 돌격해 목을 베겠습니다!"

"불허한다. 사신을 죽이는 법은 없다."

후작은 합리적으로 생각했다.

여기까지 온 이상, 격장지계는 통하지 않았다.

오랜 시간 전장을 전전해 온 그는 동부 사령관이다. 그러니 어떤 적이라도 방심하지 않았다.

"라피언 후작 되십니까?"

"그렇다만."

"중간 지점에서 저희 주군께서 뵙고자 합니다. 한 시간 후입니다."

"그러지."

말도르 카브란은 제 할 말을 하고는 사라졌다.

후작은 성채를 바라보며 코웃음을 쳤다.

"어떤 놈인지 낯짝이나 보자."

[01:05:46]

'한 시간 정도 남았다.'

쿠구구구!

신성 보호막 밖은 검은 안개 때문에 식별조차 불가능했다.

후작의 군대마저 뿌옇게 보이는 것이, 일이 벌어져도 단단히 벌어질 것이라는 사실을 짐작할 수 있었다.

한 시간 전, 말도르 경을 보내 회담을 잡게 했다.

후작은 흔쾌히 수락했다.

아론이 시간을 끌고 있다고는 전혀 인지하지 못한 듯했다.

"주군, 가셔야 합니다."

"5분 정도만 있다가 출발하지."

후작은 요새에서 250m 앞에 막사를 설치하고 기다렸다.

하필이면 250m 앞에 설치한 것은 이 시대 화살의 사정거리가 그 정도 수준이라 그렇다.

아론은 시간에 맞추기 위해 모든 수단을 동원했다.

여기서 5분, 성문을 열고 걸어가면 또 5분이다.

그렇게 10분이라도 벌기 위해 수를 쓰는 것이다.

5분이 흐르자 성문을 열고 나섰다.

최대한 천천히 걸어간다.

호위는 마이어 경과 말도르 경 정도로 제한했다.

저쪽에서도 호위를 두 명만 대동했기에 아론도 그 수준에 맞춘 것이다.

'준비는 완벽하다.'

아론은 성문을 나와 해자를 통과하며 생각했다.

뱀파이어가 수공에 당할 리도 없고, 강까지 워낙 멀어 수로는 연결하지 않았지만, 지하수를 파서 물을 채워 놓았다.

놈들이라면 해자를 뛰어 넘어오긴 할 것이다.

'약간이라도 멈칫거리게 할 수 있다면 그것으로 됐다. 해자에 성수를 풀었으니 빠지기라도 하면 타격을 입을 것

이다.'

 아론이 고개를 돌렸다.

 눈앞에 있는 3천의 병력.

 뱀파이어 군단은 대략 1천 마리 수준으로 예상된다.

 게임상에서 그랬으니 여기서도 크게 바뀌는 것은 없을 것이라고 생각했다.

 후작은 뱀파이어 로드의 공세를 방어하지 못한다.

 적끼리 상하게 하는 것으로 아론은 큰 이익을 거둘 것이다.

 준비는 완벽했으니 상황에 따라 작전을 수정해 갈 예정이었다.

 5분을 천천히 걸어 막사에 도착했다.

 라피언 후작이 탐탁지 않은 표정으로 앉아 있었다.

 "건방지군. 약속을 어기나?"

 "죄송하게 되었습니다."

 "……."

 아론이 고개를 숙이자 후작의 표정이 기괴하게 뒤틀렸다.

 이 자리에는 사달을 만든 말도르 카브란도 함께였다.

 그러자 후작과 그의 기사단장이 치를 떨고 있었는데, 아론은 쿨하게 사과해 버린 것이다.

 '앞으로 40분 정도.'

아론은 숨을 몰아쉬었다.

"좋은 말씀 좀 드려도 되겠습니까?"

"……경이 이번 사건을 벌인 이유와 관련이 있나?"

"후작님께서 어찌 생각하는지 여부에 따라 전쟁이 결정되겠지요."

"내 밑으로 들어올 수도 있다는 건가?"

"맞습니다."

"흠."

바드론 레이올드는 뭐 이런 정신병자가 있나 싶은 표정을 지었다.

온갖 쌍욕을 박고 나서 갑자기 복종할 것처럼 군다?

상식적으로 말이 안 되는 일이라고 생각했다.

'혹시 우리 측 병력이 너무 많아 마음을 바꾼 건가?'

아론이 미쳤다고 생각하는 것보다는 그쪽이 신빙성이 높다.

그리 예상하자 바드론의 마음도 편안해졌다.

'하긴, 정말 정신이 나가지 않고서야 이 병력을 보고 전쟁을 걸 수 없지.'

"후작님께서는 세상이 왜 멸망하고 있는지 생각해 보신 적이 없습니까?"

"그걸 알아야 하나?"

"그래야 대처를 하지요."

"말해 보게."

"태초에 여신께서는······."

아론은 아는 대로 '디펜스 워'의 설정을 지껄였다.

여신이 세상을 창조하고 마신과 싸웠으며, 그를 물리치고 빛을 가져왔다.

그러나 2차 신마 대전에서 패배하여 수많은 사람이 절멸했다.

서론만 거의 20분이 걸렸다.

[00:25:54]

후작이 점점 지루한 표정을 지을 즈음.

"그러나 그 모든 것은 여신의 계획이었습니다."

"인류의 패배가 여신의 뜻이라고?"

"예, 여신의 뜻을 이행하고 살아남을 방법이 있습니다."

"그게 뭔가?"

"인류의 통합, 강력한 통치입니다."

이제야 후작이 좀 흥미로운 표정을 지었다.

아론은 다시 장황하게 이야기를 늘어놓았다.

이번에는 인류 통합론을 내세우고, 전 대륙이 하나가 되어 적을 몰아내야 한다고 이야기했다.

여기서 10분.

[00:15:22]

'대충 이만하면 됐다.'

버틸 만큼 버텼다.

아론이 돌아가고 난 후 후작이 공격을 준비하기까지는 시간이 좀 더 걸릴 것이다.

"그러니……. 제가 왕이 되어야 합니다."

"……!"

한창 빠져서 이야기를 듣고 있던 후작은 뭐 이런 미친놈이 다 있나 싶은 표정을 지었다.

"허허."

말도르 경이 웃었고.

"으하하하!"

마이어 경도 웃었다.

마지막으로.

"큭!"

아론도 피식거렸다.

쾅!

"감히 나를 상대로 시간을 끌었구나!"

"그걸 이제야 알아차리다니. 과연 똥구멍 각하! 그 옆의 기사가 하도 핥아서 감각이 사라졌나?"

말도르 경의 말에 후작은 말조차 잇지 못했다.

원초적인 도발이었다.

"전투를 준비하라! 너, 너어! 말도르 카브란! 목을 씻고 기다려라. 내 친히 목을 벨 것이야."

"하하하! 너야말로 엉덩이 까고 기다려라! 내 친히 검을 박아 줄 것이니, 죽기 전 천국을 맛볼 것이야!"

이쯤 되자 아론의 이마에 식은땀이 다 났다.

욕의 수준이 시정잡배를 초월했다.

[10:32:11]

말싸움을 하다 보니 또 5분이 흘렀다.

이제는 정말 시간이 별로 남지 않았다.

"돌아간다!"

"예!"

아론의 명령이 떨어지는 순간.

말도르 카브란은 언제 그랬냐는 듯 바로 몸을 돌렸다.

노발대발하는 목소리는 무시했다.

그들은 왔던 것과는 반대로 매우 급하게 입성했다.

꽤 아슬아슬했다.

[03:22:41]

"모두 준비하라!"

곧 후작의 진영부터 쑥대밭이 될 것이다.

진영으로 복귀한 라피언 후작은 전투를 준비했다.

여전히 우중충한 날씨였다.

검은 안개가 하늘을 완전히 뒤덮었다.

보호막 안으로는 안개가 침투하지 못하고 있었지만, 뇌전까지 일으키며 불길한 기운을 토해 냈다.

한차례 하늘을 올려다본 라피언 후작이 아론 공작과의 만남을 복기했다.

"도대체 시간을 끈 이유가 무엇일까?"

"그냥 정신병자 아니겠습니까?"

"아론 오라클이 정신병자라면 선대 공작이 작위를 물려주었겠나?"

"그것은……."

바드론은 후작의 말에 시원하게 답변하지 못했다.

상식적으로 생각하면 그 말이 맞다.

아론 오라클은 왕국 유일의 왕통이다.

베론 왕국의 왕족은 누구도 살아남지 못했으니까.

수도 전체가 점령됐고, 왕궁에서는 학살이 일어났다고 한다.

찾아보면 방계 왕족이 있을 수도 있지만, 저만큼 세력을 갖추지는 못했을 것이다.

왕이 될 수 있는 명분을 얻은 남자.

선대 하이드 공작도 자신이 가진 가치를 알고 있었을 것이다.

그럼에도 산간벽지 남작에게 작위를 물려주었다?

아론 오라클에게서 무언가를 본 것이다.

정신병자라는 설명으로는 부족하다.

"시간을 끈 이유가 있었을 터인데……."

팟!

진격 준비를 하고 있는 도중, 보호막이 사라졌다.

보호막 안으로 검은 안개가 쏟아져 들어왔다.

웅성웅성!

"대체 왜……?"

─어리석은 인간들아.

"……!"

어디선가 들리는 음산한 목소리.

마치 뭔가를 긁어내리는 소음이었다.

─인간……!

─신선한 피……!

후방이다.

라피언 후작은 본능적으로 새로운 적이 등장했다는 사실을 알았다.

"반전! 반전하라! 적이 온다!"
병사들은 당황했지만 명령에 충실했다.
그들은 강군이다.
오랜 훈련으로 두려움을 이겨 낸다.

[절망하라!]
[절망하라…….]
[절망하라…….]

보호막이 풀리고 나타난 군대.
아니, 놈들은 악귀였다.
검은 안개 속에서 흉흉하게 붉은빛을 뿌리는 광경이 압도적이었다.
놈들이 완전히 모습을 드러내자 모두가 이를 악물었다.
"뱀파이어!"
파밧!
후작이 그 존재를 인식하였을 때, 뱀파이어 하수인들이 달려들었다.
'빠르다.'
인간의 몸놀림이 아니었다.
일반인 두 배에 달하는 속도로 짓쳐들어와 학살을 시작했다.

그들을 부리는 자. 뱀파이어 로드는 허공에 약 50cm 뜬 채 지휘하고 있었다.

허공에 피가 뿌려졌다.

군대가 순식간에 무너지기 시작했다.

'이거였나!'

라피언은 너무 놀라 입이 다물어지지 않았다.

아론 오라클이 노리는 것.

그는 자신의 영지에 뱀파이어가 침공한다는 정보를 미리 알고 있었다.

후작의 군대가 마물과 상잔하기를 바라고 일을 꾸민 것이다.

비상식적으로 굴었던 것도 모두 설명됐다.

'아무리 그렇다고 한들…….'

도대체 마물이 쳐들어올 것이라는 사실을 어떻게 알았을까?

아론 오라클은 신성 군주를 표방하는 인간이다.

영지를 시찰하고 온 바드론 경의 말에 의하면 기사부터 백성에 이르기까지 광신적으로 행동했다고 한다.

여신에 대한 믿음.

신성 군주가 자신들을 이끌어 가고 있다는 사실에 한 치의 불신도 없었다고 한다.

"각하!"

라피언 후작의 정신이 잠시 흔들렸으나 퍼뜩 정신을 차렸다.

지금은 눈앞의 적을 처리하는데 집중해야 한다.

"대열을 유지하라! 무너지면 끝이다!"

[11:55:12]

침공 종료까지 남은 시간이 반투명의 창으로 떴다.

5분 전, 침공이 시작되면서 신성 보호막이 걷혔다.

검은 안개가 스며들며 뱀파이어들이 나타나 후작군을 공격했다.

실로 정확한 타이밍에, 아론의 곁을 지키던 기사들은 놀람을 감추지 못했다.

"여신의 계시가 맞았구나!"

"그럼? 언제 주군께서 틀리신 적이 있나?"

말도르 경은 되레 놀라는 사람을 타박했다.

그만큼 기사들의 믿음은 굳건했다.

보급 사령관 명목으로 참전한 그랑칸 남작의 반응은,

"잠시나마 주군을 의심했던 것이 죄스럽습니다!"

"괜찮다. 믿음이란 경험에 의지하는 것. 경험하지 않았음에도 믿음을 강요할 수 없는 법 아닌가."

"과연 그러하옵니다!"

아론은 만족스럽게 웃었다.

불신자들이 광신도로 바뀌었다.

그는 남작의 눈에 광기가 흐르는 것을 보았다.

하이드 가문 사람들도, 이번에 합류한 아데스터 가문의 사람까지 기적을 목도했다.

"전열이 무너집니다!"

칼슨 경은 그 와중에도 실시간으로 전투를 중개했다.

뱀파이어는 강했다.

지금까지 봤던 그 어떤 개체보다 빠르다.

후작군 전열이 무너지는 것은 순식간이었다.

하지만 정신을 차린 동부군이 밀집 대형을 이루며 조직적으로 대항했다.

"역시 강군인가."

괜히 변경의 군대가 아니다.

생각했던 것 이상으로 잘 싸웠다.

물론 피해는 컸다.

뱀파이어 하수인들이 흡혈을 하면 일정 확률로 아군이 적으로 돌변했다.

세대를 거쳐 내려가면 힘이 약해지기 마련이었지만, 생전과 비슷한 수준으로 검을 휘둘렀기에 진영이 크게 요동치고 있었다.

전투가 시작된 지 10분 만에 후작군 수백이 죽었다.

시신이 쌓이고 피가 대지를 적시기 시작한다.

'고기 방패가 없었다면 끔찍한 일이 벌어졌을 거야.'

온갖 방법을 동원해 적을 막았겠지만 회생 불가의 타격을 입었을 것이다.

후작을 끌어들이는 과정은 도박이나 다름없었지만 성공해서 다행이었다.

실패했다면 아론의 권위가 땅에 떨어지는 것은 물론, 동부군과 전쟁을 벌였을 수도 있다.

눈앞에서 펼쳐지는 학살의 현장.

"주군! 저러다 전멸하겠습니다."

"그럴 수는 없지."

아론의 목표는 양측의 세력을 크게 축소시키는 것.

누가 이겨도 상관없다.

뱀파이어가 승리하면 잔당을 토벌하면 됐고, 후작이 승리하면 군대를 출병시켜 항복을 받아 낼 예정이었다.

하지만 어떤 경우라도 후작이 전멸해서는 안 된다.

"성수로 지원하도록."

"예!"

퉁! 퉁!

후작군은 점점 밀려 150m 앞까지 왔다.

뱀파이어와 뒤섞여 전투를 벌이고 있었으므로 최하급 성수라도 꽤 도움이 될 것이다.

원통의 발사체가 날아가며 성수를 뿌렸다.

비가 내리듯 전장이 적셔졌다.

성수를 맞은 후작군의 기세가 살아났다.

뱀파이어들이 타격을 입으며 주춤하는 모습을 보였다.

후작군이 완전히 뱀파이어 군단을 무너뜨리려 하자, 지원을 멈추었다.

'팝콘이라도 있으면 좋을 텐데 아쉽군.'

퍼억!

푸하학!

뱀파이어의 머리통을 날리자 피가 쏟아졌다.

라피언 후작은 벌써 몇 번이나 피를 뒤집어썼다.

다행스럽게도 뱀파이어는 진혈이 아니니 피를 뒤집어쓴다고 전염되지 않았다.

제대로 동맥이 물려야 확률적으로 전염되는 것으로 보인다.

아군과 적군이 뒤섞이며 끔찍한 양상이 펼쳐졌다.

'이대로는 안 된다.'

적의 숫자는 천 마리.

그중 수백은 죽였지만 여전히 많았다.

되살아나는 뱀파이어도 문제였다.

좀비와 다르게 뱀파이어 감염체는 생전의 기억을 가지고

말도 했다.

 차마 동료를 죽이지 못하고 목이 날아가는 경우가 곳곳에서 발생하고 있었다.

 "주군! 퇴각해야 합니다!"

 "퇴각? 어디로?"

 "그, 그건."

 퇴각은 퇴로가 있을 때 내릴 수 있는 명령이다.

 그들의 뒤에는 거대한 성벽이 버티고 있었다.

 성벽 위에는 무장한 군대가 서슬 퍼런 눈으로 활을 겨누었다.

 진퇴양난.

 죽음을 각오한 순간, 하늘에서 비가 쏟아졌다.

 치이이익!

 "성수다!"

 약간이지만 아군의 체력이 회복되었다.

 그에 비해 뱀파이어는 타격을 받으며 밀렸다.

 아군이 승기를 잡았다고 여기는 순간, 성수 지원이 끊겼다.

 "아군과 적의 균형을 맞추고 있구나!"

 후작은 한탄했다.

 완벽하게 함정에 빠졌다.

 그는 신임 아론 하이드 오라클 공작을 치기 위해 왔지만,

꾐에 빠진 사람은 공작이 아니라 자신이었다.

 선대 공작이 아론 오라클에게 작위를 물려준 이유는 명확했다.

 그는 여신의 인도를 받는 것으로도 모자라 명석했다.

 천재라는 수식어가 어울릴 정도로.

 으득!

 다시 아군이 무너지고 있었다.

 벌써 피해는 천 명을 넘어갔다.

 "바드론 경! 아론 공작에게 구원군을 요청하라!"

 "예!?"

 "가라!"

 "들어 주지 않을 겁니다!"

 "모든 조건을 수용할 것이다!"

 물에 빠진 사람은 지푸라기라도 잡는다.

 주군이 명했으니 기사는 따르는 수밖에 도리가 없었다.

 바드론이 보기에도 상황은 절망적이었으니까.

 "다녀오겠습니다!"

밀고 당기는 전투가 이어지고 있었다.

후작군은 밀리고 밀려 100m 전방까지 왔다.

여기서 화살만 쏴도 전부 죽일 수 있는 수준이었다.

아론은 그런 잔인한 명령까지는 내리지 않았다.

후작은 오라클 영지를 삼키기 위해 진군한 적이었지만, 그들과 싸우고 있는 놈들은 마물이다.

굳이 그런 식이 아니더라도 굴복시킬 수 있다는 자신감이 있기도 했고.

두두두두!

아론이 생각에 잠겨 있을 때, 후작군 진영에서 백기를 든 전령 한 기가 달려왔다.

"저거 웃기는 놈이네요. 상황이 불리하니 적에게 구원 요청이라도 하려는 걸까요?"

"그럴 확률이 높지."

기사들은 어처구니없다는 표정을 지었다.

사람이 위기에 몰리면 무슨 짓이든 한다지만, 이곳으로 진격할 준비를 하던 후작이 도움을 요청하려 하다니.

전령은 성문 앞까지 당도했다.

"주군! 어찌할까요?"

"열어라."

쿠구구구!

육중한 성문이 열렸다.

전령은 아론을 찾아 성벽 위로 단숨에 뛰어 올라왔다.

훅 치밀고 올라오는 피비린내.

전장의 냄새가 났다.

"전하를 뵙습니다!"

"저어어언하?"

말도르 경이 앞으로 나서며 기가 막힌다는 듯 비꼬았다.

바드론 단장은 얼마 전까지만 해도 아론을 남작 취급했다.

그런 주제에 다급하다고 도움을 요청하러 온 것이다.

아론이 나설 필요도 없었다.

말도르 경이 시원하게 욕을 날려 주었다.

"에라이, 병신들아! 지금 네놈들 꼴을 봐라! 당장 공작령을 점령할 것처럼 굴더니 한 시간도 되지 않아 구원을 요청해? 그게 할 짓이냐?"

쿵! 쿵!

바드론 단장은 바닥에 머리를 찍었다.

이마가 터지고 피가 줄줄 쏟아졌지만 누구도 그를 불쌍하게 여기지 않았다.

기사들에게 있어 이마가 터지는 일쯤은 인사에 가까웠다.

"공작 전하께 아뢰옵니다! 현재 동부군은 전멸 직전에 놓여 있으니, 왕통을 이으신 고귀한 신분으로서 지원을 부탁드립니다!"

"이……!"

말도르 카브란이 또 발작하려 하자 아론이 나섰다.

"내가 왜 그래야 하나?"

"인의를 생각하옵소서! 적은 인간이 아니라 뱀파이어입

니다!"

"공작령을 정벌하겠다고 쳐들어온 인간에게 왜 인의를 차려야 하나."

"이대로는 전멸입니다!"

"그래서?"

"무슨 조건이든 수용하겠나이다!"

아론은 밋밋한 턱을 쓰다듬었다.

처음부터 그는 후작을 도와줄 생각이 없었다.

양측 세력이 확 꺾일 때까지 기다렸다 어부지리를 노릴 작정이었다.

하지만 놈들이 모든 조건을 수용한다면 말이 다르다.

생각을 마친 아론이 입을 열었다.

"후작은 반드시 죽어야 한다."

"……!"

"전투 이후에는 후작령과 동부군 전체, 백성에 이르기까지 공작령에 흡수된다."

"너무 가혹한 처사이옵니다!"

"양심을 악마에게 팔아먹은 놈이군. 이것이 내 마지막 조건이다. 수용할지 말지는 후작의 선택이지."

아론의 진심이었다.

놈들을 끌어들이고 뱀파이어와 상잔하게 만든 것은 사실

이지만, 후작의 죄가 사라지는 것은 아니다.

후작은 공작의 지위를 인정하는 것이 아니라 반드시 오라클 영지를 잡아먹어 버리겠다는 야망을 가지고 접근했다.

명백한 적.

어떤 경우에도 자신을 죽이겠다고 달려온 적을 구원하는 법은 없다.

최소한 후작은 죽어야 한다.

놈을 살려 두면 언젠가 문제를 일으킬 것이 뻔했다.

한국에는 화장실 들어갈 때와 나올 때가 다르다는 말이 있다.

지금은 워낙 급박한 상황이라 도움을 요청했지만, 막상 도와주고 나면 칼을 겨눌 가능성이 높았다.

아론이 이렇게 생각한다는 것을 후작도 인지하고 있을 터.

쿵!

바드론은 다시 한번 머리를 박았다.

피가 흐르다 못해 이마가 길게 찢어졌지만 별 감흥이 없었다.

"자비에 감사드립니다!"

"알겠으면 꺼져라."

"예!"

그는 급하게 물러났다.

말도르 경이 놈의 뒤를 바라보며 코웃음 쳤다.

"빌어먹을 인간성이로군요."

"원래 인간은 간사하다. 자신의 처지에 따라 얼굴에 철판을 깔 수 있는 존재이지."

"후작이 조건을 받아들이겠습니까?"

"명예라는 것이 조금이라도 남아 있다면 받아들일 테지."

"그게 아니면요?"

"혼자 도망치겠다고 설치겠지."

아론도 궁금했다.

후작이 과연 어떤 선택을 내릴까?

퍼억!

푸하학!

라피언 후작은 달려드는 뱀파이어의 목을 쳤다.

생전의 모습을 그대로 간직한 병사였다.

눈을 벌겋게 물들이고 이빨을 들이대며 돌격하는 자들.

방금 전까지 아군이었던 병사에게 손을 쓰는 후작의 마음도 좋지 않았다.

'백중세다.'

도저히 적을 밀어 버릴 수가 없었다.

밀어도 문제다.
뱀파이어 로드는 참전하지 않고 있는 상태.
저 괴물이 전투를 시작하면 크게 밀릴 것이 분명했다.
지금까지 병력의 손실률은 50%.
3천을 끌고 왔으나 1,500명이 죽었다는 소리다.
뱀파이어 군대도 성치는 않았다.
그들도 숫자가 500마리로 줄었다.
"주군!"
후작이 생각에 잠겨 있을 때, 전령으로 갔던 기사단장이 복귀했다.
그는 주변에서 달려드는 뱀파이어 한 마리의 목을 치고는 보고했다.
"아론 공작이 주군의 목을 원합니다. 어떤 식으로든 주군께서는 목숨을 잃어야 하며 아군 전체가 귀부해야 한답니다. 정말 말도 안 되는 조건입니다!"
"어찌 그게 말이 안 되나."
"예?"
"입장을 바꿔 보도록. 경이라면 자신을 죽이겠다고 군대를 일으켜 쳐들어온 놈을 살려 두겠나?"
"……."
상대방의 입장을 헤아리라는 뜻이다.
바드론 레이올드는 침통한 표정을 지었다.

"주군! 소수의 호위만 꾸려 후일을 기약하시죠. 그게 맞습니다."

"후일을 기약해? 이미 영내의 청년은 모조리 징집했다. 여기서 전 병력을 잃으면 영지는 자력으로 생존할 수 없다."

라피언 후작은 자신의 상황을 잘 파악하고 있었다.

도주에 성공하면 오히려 더 문제다.

노병과 소년으로 군을 재편성할 것이다.

식량도 다 떨어지고 있는 상황에 마지막 노동력까지 끌어다 쓰면 절대 생존해 나갈 수 없다.

'아론 공작의 제안은 타당하다.'

신성 군주라더니 조건이 매우 관대했다.

중세인의 시각으로 보면 후작의 군대를 모조리 노예 삼아도 이상하지 않았다.

전멸하게 둔다는 선택지도 있다.

하지만 아론 공작은 그러지 않았다.

'그토록 자비로운 군주라면 백성들을 잘 이끌어 주겠지.'

"내 패배다."

"예!? 지금 무슨 말씀을……."

"조건을 받아들인다!"

"주, 주군!"

"내가 죽거든 아론 공작에게 귀부해라!"
"그 어찌 참담한 말씀을 하십니까!?"
"유언이다."
후작은 옷자락을 찢어 검과 오른쪽 팔목을 감았다.
죽는 순간까지 검을 놓지 않겠다는 각오였다.
그는 최전방으로 나아갔다.
가신들이 유언을 지키지 않을 수도 있었으므로 전방으로 나아가는 동안에도 강조했다.
"내가 죽으면 공작에게 귀부한다! 이는 유언이니 반드시 지키도록 하라!"
"영주님을 지켜라!"
퍼억! 퍼억!
후작의 곁으로 군대가 모였다.
수없이 많은 장병이 덧없이 스러졌다.
라피언의 머리로 흘러가는 주마등.
'차라리 욕심을 내려놓았더라면.'
대륙이 멸망해 가는 상황이었다.
후작은 자신이 왕이 되는 것만이 생존할 수 있는 길이라 여겼다.
전쟁에 관련해서는 누구보다 뛰어나다고 스스로 자부했지만, 현실은 결코 그렇지 않았다.
아론 오라클의 심계는 소름이 돋을 정도로 완벽했다.

"아론 하이드 오라클 공작! 부디 내 백성을 부탁하네!"
서걱! 서걱!
상처가 하나씩 늘어났다.
후작은 격렬하게 검을 휘둘렀다.
사령관의 분전에 조금씩 뱀파이어가 밀려나고 있었으나.
꽈직!
되살아난 병사가 그의 머리통을 망치로 찍었다.
시야가 암전된다.
'나는 하늘의 별이 되리라.'

격렬한 전투의 현장.
아론은 최전방에서 일어나고 있는 광경을 주의 깊게 살피는 중이었다.
라피언 후작이 나서면서 뱀파이어들이 주춤했다.
"약속을 지키려는 모양입니다."
말도르 경이 눈을 가늘게 좁히며 최대한 상황을 파악하려 애썼다.
사령관이 용감하게 나서면 사기를 증진시키는 효과가 있다.
문제는 사령관이 죽었을 때다.
"후작군이 밀립니다!"
"후작이 죽었나?"

"확인 중입니다!"

위명 자자한 동부군이 속절없이 밀려났다.

꽤 안타까운 장면이지만, 많은 사람들이 후작의 죽음을 바랐다.

그의 선택에 따라 추후 라피드 영지를 흡수할 수 있을지 없을지가 갈렸기 때문이다.

후작이 유언으로 끝까지 항쟁하라 이야기했다면 아론이 무슨 수를 쓰더라도 문제가 발생할 수밖에 없었다.

최전방에서 기다리던 신호가 왔다.

에리아 경이 특수 정보부의 신호를 해석했다.

"주군! 후작이 사망했습니다!"

"마지막에는 백성을 생각하는 군주였나."

"어쩌시겠습니까?"

후작이 약속을 지켰다.

아론은 적으로 만났던 군대를 지키는 조건으로 후작의 죽음을 내걸었다.

그 이후 구원을 받으면 후작의 영지가 공작령으로 귀속되는 것이다.

"마이어 경!"

"예, 주군!"

"경이 중갑 기병을 이끌고 뱀파이어 진영을 갈라라."

"명에 따르옵니다!"

명령을 받은 마이어 경이 빠르게 성벽을 내려갔다.

기병대는 이미 출정 대기 중이었다.

그들이 활약을 해 주어야 무리 없이 후작군을 빼올 수 있다.

"칼슨 경!"

"예, 주군!"

"병력 1천을 주겠다. 뱀파이어 군단을 상대하며 천천히 후퇴하라. 가능하면 군대가 상하지 않아야 한다. 아군은 물론 후작군도 마찬가지다. 이제 그들도 공작령 병사들이니."

"명에 따릅니다!"

아론은 차례대로 명령을 내려 나갔다.

마지막으로.

"말도르 경과 잭슨 경은 나를 따라 뱀파이어 로드를 사냥한다."

"예!"

모든 명령을 내린 아론은 성벽을 내려와 말 위에 올랐다.

중갑 기병은 출진한 상태였다.

그들이 앞서 적을 가르고 지나가면 아론과 두 성기사가 뱀파이어 로드에게 접근할 것이다.

차앙!

아론은 검을 뽑았다.

"여신을 위하여!"

중갑 기병에 비해 경기병은 빠르다.

일행은 엄청난 속도로 쇄도해 나갔다.

아론은 일부러 화려한 갑옷을 입고 출전했다.

멀리서도 그가 움직이고 있다는 사실을 모두에게 알리기 위해서였다.

아니나 다를까.

"신성 군주다!"

"와아아아!"

아론이 나서자 후작군이 좌우로 갈라지며 환호성을 질렀다.

염치없는 광경이라 볼 수도 있었다.

공작령을 점령하러 왔음에도 적 사령관의 등장을 환호한다니.

하지만 사람이 궁지에 몰리면 적의 도움이라도 받고 싶은 것이 인지상정이다.

후작이 유언을 남겼기 때문일 수도 있었다.

봉건제 국가에서 지방 군주의 힘은 왕에 버금갔으니까.

아론이 출전한 가운데서도 전투는 이어지고 있었다.

뱀파이어와 인간의 군대가 뒤섞이고, 기병이 지나가며 적들이 많이 뭉쳐 있는 지역을 갈라 버렸다.

제아무리 뱀파이어가 강력한 육체를 지니고 있다고 한

들, 중갑 기병의 상대는 되지 않는다.

이 시대의 전차급에 해당되는 괴물이 돌파를 시도하자 뱀파이어들은 속절없이 짓밟혔다.

아론은 그 뒤를 따르며 신성한 오라를 시전했다.

사방 200m 내에 신성의 오라가 발현됩니다.
HP 회복률 +5
언데드에 대한 대미지 +5
힘 +1, 체력 +1

이제는 제법 강력해진 버프다.

무려 200m 범위.

상처 입고 지친 병사들은 아론이 스쳐 갈 때마다 감탄을 토했다.

최하급 힐을 연속으로 시전하는 것과 마찬가지의 효과였다.

자잘한 상처는 아론이 지나가는 것만으로도 회복된다.

오라의 사정권 안에 들어온 병사들은 기세등등하게 적을 척살해 나갔다.

뱀파이어도 넓은 의미에서는 언데드다.

신성한 오라는 추가 대미지가 +5나 되었기에 대충 빗맞아도 뭉텅이로 살점이 떨어져 나갔다.

언데드에 한정해서는 신성한 오라가 엄청난 빛을 발휘하는 것이다.

일행은 아군 진영을 그대로 관통해 적진으로 접어들었다.

50마리 정도의 뱀파이어들이 뭉쳐 있다.

놈들이 자신들의 군주를 지키기 위해 예비대로 남은 것이다.

아론은 버프 2종을 걸었다.

'스트롱! 신성한 방패!'

[3분간 힘이 220% 증가합니다.]
[방패에 가해지는 충격이 40% 감소합니다.]

온몸이 광휘에 휩싸인다.

모든 버프를 시전하자 몸에서 엄청난 힘이 솟아올랐다.

'새 스킬을 얻었으면 사용해 봐야지. 빛의 일격!'

[반경 2m 내의 모든 적에게 공격력 150%의 신성 대미지를 입힙니다.]

쿠아아앙!

전방 15m 앞에 강력한 신성 폭발이 일어났다.

이것이 바로 금빛 상자에서 얻은 빛의 일격이다.

최대 20m 거리에 반경 2m의 타격을 입히는 원거리 스킬.

설명에는 아론의 공격력 150%의 대미지를 낸다고 했지만, 실질적으로는 3배다.

신성 대미지가 따로 들어가기 때문이다.

폭발 반경에 휩쓸린 뱀파이어들은 비명과 함께 흩어졌다.

그중 반은 미처 피하지 못해 몰살당했다.

치이이익!

뱀파이어와 신성력은 상극이다.

마치 햇볕에 타 죽은 것처럼 시커멓게 그을리거나 고통스럽게 재를 뿜어내며 흩날렸다.

살아남은 놈들이 아론을 노렸지만 어림없었다.

"주군을 보호하라!"

두두두두!

몇 차례나 적진을 꿰뚫던 중갑 기병이 쇄도했다.

속도는 느렸지만 인간이 달리는 것보다는 훨씬 빠르다.

뱀파이어라도 약화된 상태라 기병을 상대할 수는 없었다.

놈들은 피하지 못한 채 짓밟혔다.

꽈직!

"끄아아악!"

"아아아악!"

인간이 내는 비명 소리와 다를 바 없다.

뱀파이어 로드의 친위대가 흩어졌다.

드디어 아론은 거대한 존재감을 내뿜는 존재와 마주했다.

'4챕터의 보스.'

키는 2m가량으로, 보스치고는 크지 않다.

문제는 놈의 몸을 휘감고 있는 흑마기다.

최악의 난이도를 자랑하는 디펜스 워답게 아론이 온갖 방법으로 강해지지 않았다면 사냥할 엄두조차 내지 못할 괴물이었다.

사방으로 번지는 음침한 기운.

혈기와 마기가 합쳐져 검붉은 빛을 띠었다.

외관은 '드라큘라'를 모티브로 하였기에 검은 망토와 턱시도를 입고 있었다.

눈동자는 붉게 타올랐으며, 장검을 쥐고 있는 것이 인상적이었다.

'놈은 마검사다.'

검과 흑마법을 모두 다루는 존재.

모든 챕터의 보스가 마찬가지였지만, 이번에는 특히나 조심해야 한다.

아론은 달리는 말에서 관성을 받으며 쇄도했다.
다리를 박차고 튕겨져 나갔으며 몸을 크게 휘둘렀다.
마침내.
'참격!'
아론의 검에서 강렬한 빛이 터지며 뱀파이어 로드의 머리통을 직격했다.
은근하게 피어오르는 기대.
"네놈이 유니크 아이템을 주기로 그렇게 유명하더구나!"

천지개벽.
 저 멀리서 광휘가 번쩍이고 있었다.
 꽤 거리가 있었으나 신성 군주가 내뿜고 있는 빛 때문에 성벽 위에서도 어떤 일이 벌어지고 있는지 짐작할 수 있었다.
 뱀파이어 로드.
 동부 사령관 후작군을 박살 낸 군대를 이끄는 군주였으며, 강력한 힘을 지니고 있으리라 여겨졌다.
 뱀파이어는 '불멸의 존재'로 여겨지며 사람들에게는 흔히 흡혈을 하며 살아간다고 알려져 있었다.
 많은 뱀파이어 중에서도 '로드' 칭호를 가지고 있는 뱀파이어는 많지 않다.

그랑칸 아데스터는 뱀파이어 로드가 진혈이라는 사실을 알고 있었다.

불사의 육체는 물론이고 뛰어난 감각과 민첩함, 다량의 마기를 품어 마검사 포지션에 있었다.

일반적인 방법으로는 사냥할 수가 없는 존재인 것이다.

신성 군주가 나서는 것이 어리석은 일이라 잠시 생각했으나,

'내가 어리석었다.'

아론 오라클은 뱀파이어 로드를 일방적으로 몰아넣고 있는 것처럼 보였다.

공작이 정치적인 이유로 신앙 문명을 건설했다고 생각했다.

남작은 그걸 알면서도 충성을 맹세했던 것이다.

이따위로 변해 버린 세상에서는 신앙 문명도 나쁘지 않다고 여겼으니까.

오라클 영지가 신성 왕국을 표방하더라도 그는 한자리를 차지할 수 있는 능력을 갖추고 있었다.

나름의 능력을 맹신했고, 오라클 공작의 정치적인 성향과 잘 맞으리라 본 것이다.

그러나 최근 본 공작은 진실로 여신에게 선택을 받은 자였다.

후작이 어떻게 죽었던가.

신성 군주가 여신에게 받은 '계시'를 이용해 파멸시켰다.

"문을 열어라!"

후작군의 패잔병들이 밀려들어 왔다.

'숫자는 대략 1,200. 단숨에 군대가 성장할 것이다.'

패잔병의 숫자가 제법 많았다.

오라클 영지군이 나서서 그들을 구원했기에 가능한 일이었다.

이번 전투만 무사히 마무리한다면, 오라클 영지군은 3천까지 규모를 확장할 수 있었다.

수백 명만 징집으로 채운다면, 점점 왕국의 체계가 잡혀갈 것이다.

"적이 옵니다!"

기사들이 일사불란하게 움직였다.

외부로 나갔던 군대가 보병부터 입성했다.

중갑 기병은 여전히 평원을 달리고 있는 상태.

그들은 뱀파이어들을 몰아 성벽 쪽으로 밀어 넣고 있었다.

신성 군주가 뱀파이어 로드와 일전을 벌이는데 방해가 되어서는 안 되기 때문이다.

쿠구궁!

성문이 닫혔다.

성벽 위로 레냐 오라클이 올라왔다.

그녀는 꼬맹이처럼 보이지만 신성 군주의 유일한 혈육이었다.

공녀의 직위였기에 공작이 나가 있을 때는 모든 사람들의 구심점이 될 수 있었다.

"전투를 준비하세요! 이번에도 우리는 적을 몰아낼 겁니다!"

"공녀님 말씀을 들었을 것이다! 적을 맞을 준비를 하라!"

"예!"

심장이 끓어올랐다.

전투에 큰 소질이 없는 그랑칸 남작조차 검을 뽑아 들며 소리 질렀다.

"우리는 승리할 것이다!"

콰과광!

"큭!"

신성력을 머금은 방패가 흔들렸다.

멀리서 보는 것과 다르게 아론의 상황은 꽤 위태로웠다.

주변은 뱀파이어 로드의 영향으로 매우 짙은 어둠이 내려앉아 있었다.

이곳은 흡혈귀 군주의 영역.

대낮임에도 불구하고 달빛이 흩어진 것처럼 뿌옇다.

그 속에서 놈은 끊임없이 혈기와 마기를 공급받았다.
유령처럼 흐릿한 잔상.
그 속에서 흑색 검신이 번뜩였다.
퍼어억!

[신성의 방패 효과가 사라졌습니다.]

한 번에 방패의 대미지 반감 효과가 10%씩 떨어진다.
아론은 다시금 신성의 방패를 시전했다.

[방패에 가해지는 충격이 40% 감소합니다.]

머리가 띵했다.
신성력과 마력이 빠르게 떨어지고 있는 것이 느껴졌다.
그에 비해 뱀파이어 로드의 신체에는 별다른 타격이 없었다.
서걱!
이번에는 팔이 베였다.
핏방울이 떠오르며 뱀파이어 로드의 심장으로 흡수됐다.
흡혈귀 보스의 패시브인 '혈기 흡수'였다.
말 그대로 피로 HP를 회복하는 것이다.
아론의 꼴도 엉망으로 변해 갔다. 그와 함께하는 두 명의 성기사도 마찬가지였다.

쿠아앙!

"커어억!"

"잭슨 경! 괜찮나!?"

"신경 쓰지 마십시오!"

콰광!

아론은 날아오는 혈기 폭발을 방패로 막았다.

온몸에서 충격이 느껴졌다.

잭슨 경의 말대로 남 걱정할 처지가 아니었다.

'예상은 하고 있었지만……'

쾅! 쾅!

막기가 벅차다.

이따금씩 대미지를 넣어 뱀파이어 로드 역시 HP가 줄어들고 있었으나, 혈기 흡수를 통해 빠르게 회복해 버렸으니 돌파구가 없을 지경이었다.

말도르와 잭슨도 공략에 어려움을 느끼고 있었다.

특단의 대책이 필요했다.

"말도르 경! 잠시만 적의 공격을 막아라!"

"예!"

말도르 카브란은 거대한 대검을 휘두르며 짓쳐 나갔다.

사실 그는 탱커 포지션이 아니다.

'근접 딜러'의 역할이었으나 잠깐의 시간을 벌기 위해

밀어 넣은 것이다.

단 몇 초에 불과하지만 귀중한 시간이다.

서걱! 서걱!

"어림없다! 이 좆만 한 새끼!"

말도르 경이 쌍욕을 해 대며 공격했다.

그의 온몸에 자상이 늘어났다.

오래 버티지 못할 것이다.

아론은 성수를 꺼내 들이켰다.

[하급 상태 이상이 모두 해제됩니다.]
[5분간 HP 회복률 +1]

상처 수복이 약간 빨라졌다.

동시에 인벤토리에서 신성 폭탄을 꺼냈다.

소모품 상자에서 나왔던 일회용 폭탄이었으며 지금껏 아끼고 있었다.

뱀파이어 로드의 HP가 반으로 깎이기까지 기다린 것이다.

이대로는 결코 버티지 못하기에 최후의 수단을 쓴다.

두 성기사는 속절없이 무너지고 있었다.

"끝장을 보자!"

아론이 신성 폭탄을 집어 던졌다.

어디로 던져도 상관없다.

신성 폭탄은 사방 30m 범위를 신성력으로 휘감았으니까.

콰과과광!

눈이 멀어 버릴 정도의 빛.

동시에.

치이이익!

-끄아아아악!

뱀파이어 로드는 처음으로 비명을 내질렀다.

강렬한 신성력이 터지자 온몸이 너덜너덜했다.

태양 광선에 맞은 것처럼 피부가 타들어 가기도 했다.

스스슷.

저 정도 위력이면 인간이 강력한 자외선에 노출된 것만큼의 위력일 것이다.

그럼에도 빠르게 수복한다.

흘러내리던 피부는 복원되기 시작했으며 축 처진 몸도 활력을 되찾아 갔다.

쾅!

아론은 엄청난 속도로 쇄도했다.

"비켜라!"

-어림없다!

뱀파이어 로드의 왼팔은 현재 사용할 수 없었다.

회복 중이지만, 공격을 가할 정도는 되지 않았다.

놈이 오른손을 휘둘렀다.

신성 폭탄에 맞아 검은 떨어뜨린 상태다.

아론은 그대로 돌진해 어깨를 내주었다.

'상처는 어떻게든 될 것이다.'

살을 내어 주고 뼈를 취하는 전술이다.

일명 육참골단(肉斬骨斷).

아론은 오랜 시간 디펜스 워를 플레이하며 망설임 없이 몸을 던졌던 경우가 많았다.

적 대미지보다 캐릭터의 HP가 높으면 약간의 손실을 감수해서라도 큰 공격을 가하는 것이다.

'웬만하면 현실에서 사용하기 싫었지만.'

부작용이 어떨지 예측할 수 없다.

게임과 다르게 현실에서는 정말로 살을 뚫고 들어갔으니까.

그럼에도 해야 한다.

극단적인 방법이 아니고서는 클리어할 방법이 보이지 않았다.

퍼어억!

어깨가 뚫리는 고통이 선명했다.

본인이 생각해도 무식한 전법이었다.

뱀파이어 로드가 손을 빼내려 하자 아론은 힘을 주어 막앉다.

끔찍한 고통과 함께 근육과 뼈가 팔을 꽉 무는 것이 느껴졌다.

아론은 그 찰나의 틈을 놓치지 않았다.

"참격!"

하얗게 빛나는 검이 직선으로 뻗어 들어갔다.

신성 폭탄으로 인해 훤하게 드러난 뱀파이어 로드의 가슴이 보였다.

아론은 심장을 향해 검을 찔러 넣었다.

퍼어억!

-커어어억! 가, 감히!

드드드드!

살점을 뚫고 들어간 성유물.

신성 폭탄이 아니라면 결코 불가능한 전술이었다.

놈의 눈동자가 흔들렸다.

붉은 안광은 점점 사그라졌다.

-끄아아아악!

영혼을 뒤흔드는 비명.

놈의 얼굴에 죽음의 그림자가 드리웠다.

꽈직! 꽈지지직!

사방으로 혈기와 마기가 휘몰아치며 전류가 흘렀다.

꽤 강렬한 퍼포먼스였다.

―끝났다고 생각지 말라. 이것은 시작일 뿐이니…….
"당연히 그렇겠지."
스아아아.
그 난리를 쳤던 것에 비해 뱀파이어 로드는 한 줌의 재로 변해 사라졌다.
동시에.

[챕터 4를 클리어했습니다.]
[레벨이 올랐습니다!]
[08:30:00 만큼의 보상을 추가로 받습니다.]
[50p를 보상으로 받았습니다.]
[은급 랜덤박스를 보상으로 받았습니다.]
[초심자 패키지를 얻었습니다.]
[적사자의 망토를 획득했습니다.]

"……!"
아론의 동공이 흔들렸다.
디펜스 워를 하면서 뱀파이어 로드가 부자라는 사실은 알고 있었다.
황금 고블린을 잡는 것처럼 가끔 대박이 터지는 것이다.
하지만 크게 기대는 하지 않았다.
고정으로 주는 초심자 패키지 정도만 있어도 다음 챕터

를 클리어하는데 큰 도움이 됐으니까.

"유니크!"

정신을 차리지 못하는 것은 첫 유니크가 떴기 때문이다.

물론, 아론이 보유하고 있는 아이템 중에서는 성유물이라는 최종 단계의 검이 있다.

초반에 크게 고생하지 않고 얻는다는 점에서 옵션이 무지막지하지 않았다.

그에 비해 보스를 잡아 얻는 유니크 아이템은 풍부한 옵션을 자랑할 확률이 높았다.

아이템 옵션은 항상 달라지기에 정확하게 감정을 해 봐야겠지만 이만하면 엄청난 득템이었다.

파아앙!

신성 보호막 역시 확장된다.

보스를 잡았기에 챕터 클리어로 간주되는 것이다.

이번 챕터처럼 보스가 있는 경우에는 한 마리만 잡아도 끝나는 경우가 있었다.

모든 적을 잡아야 한다면 아군도 피해가 컸을 것이다.

고개를 돌리자 알파드 요새는 잘 버티고 있었다.

쿠구구궁!

콰과과과!

얼마 전에 설치한 방어 타워의 역할이 컸다.

천사의 석상이 움직이며 신성탄을 투척했다.

10초에 한 번 발사된다는 점이 조금 아쉽지만 챕터를 거듭할수록 발전할 것이다.

"하······."

아론은 검을 바닥에 꽂고 몸을 지탱했다.

챕터가 클리어되면서 검은 안개가 사라졌다.

신성 보호막이 다시 생겼으며, 해가 떴기에 멀리서도 아론의 모습이 보일 것이다.

뱀파이어들은 햇볕에 약해져 일반 몬스터가 되었지만, 완전히 전투가 끝난 것은 아니었다.

"주군! 괜찮으십니까!?"

"경들은?"

"괜찮습니다!"

말도르 경은 피투성이가 된 채로 웃었다.

잭슨 경도 마찬가지였다.

말은 하지 않아도 오만 가지 자상을 다 입었다.

신성 보호막이 꺼지지 않고 있었기에 실시간으로 회복되긴 했다.

그들은 간단하게 응급 처치를 했다.

힐링을 걸고 포션을 뿌렸다.

이것만으로 일단은 됐다.

돌아가면 세이라가 치료해 줄 것이다.

"고생 많았다."

"아닙니다! 저희보다는 주군께서 고생하셨지요."
"돌아간다."
"예!"
잠시 쉬자 말을 타고 갈 정도로 회복됐다.
두두두두!
빠른 질주.
아론이 빨리 돌아가야 신성한 오라 안에 들어온 병사들이 회복할 것이다.
'어디……. 감정해 볼까?'
달리는 말 위에서도 궁금증을 참기는 힘들다.
떨리는 손으로 감정을 하는 순간.
"하!"
육성으로 감탄이 터졌다.
'대박인데!?'

적사자의 망토

등급: 유니크
물리 방어력: 20
마법 방어력: 20
내구도: 3030

추가 옵션

방어율 +10%
마력 회복 +10%
레어 등급 이하 스킬 +1

적사자라 불렸던 전설적인 영웅의 망토.
-영웅의 희생을 기억하며-

'미친 옵션이다.'
아론은 흥분을 억누르기가 힘들었다.
공개된 장소에서 감정했다면 권위가 뚝뚝 떨어졌을 것이다.
방어율이라는 것은 블록 확률을 말한다.
이 옵션이 10%가 추가된다는 것은 10번 공격을 받으면 한 번은 무위로 돌린다는 뜻이었으므로 엄청난 옵션이라 말할 수 있었다.
죽을 위기조차 운만 좋으면 모면할 수 있다는 뜻이다.
언젠가 한 번은 아론의 목숨을 구해 줄 것이다.
마력 회복도 나쁘지 않다.
자연 회복률을 올려 주었기에 전투 중 한 번이라도 스킬을 더 사용하게 해 줄 것이다.

진정한 대박은 모든 스킬 레벨의 상승.

레어 등급 이하라는 것은 지금 아론이 가지고 있는 스킬 레벨이 모두 오른다는 뜻이다.

후반까지 사용해도 전혀 이상하지 않을 정도의 득템이다.

'내게도 이런 날이 오다니.'

콰과과광!

전방에서 폭발이 일어나자 아론은 퍼뜩 정신을 차렸다.

전투가 완전히 끝난 것은 아니다.

뱀파이어 일부는 성을 공격했고, 일부는 도주하는 중이다.

흑마력과 사기가 바닥을 치는 바람에 도륙에 가깝게 참살되고 있기는 하다.

자연스럽게 다른 곳으로 기우는 생각.

'초심자 패키지. 인적 자원은 도대체 어떤 식으로 표현될까?'

아론이 알파드 요새에 입성했다.

전투는 막바지로 접어들었다.

보스를 격파한 이상, 소탕의 단계라 할 수 있는 것이다.

"고생하셨습니다, 주군!"

"정말 수고 많으셨습니다!"

가신들이 몰려와 인사했다.

경외의 감정이 휘몰아쳤다.

병사들과 백성, 새로 편입된 후작군도 마찬가지였다.

시대가 시대인지라 군주가 직접 전투를 지휘해야만 했지만, 아론처럼 일선에 나가 보스를 상대하는 경우는 거의 없었다.

군주는 지배자였지 전사는 아니었기 때문이다.

굳이 나설 필요가 없는 사람이 누구보다 용감하게 싸웠으니, 경외감이 드는 것은 당연한 일이다.

이런 때는 아무것도 아닌 것처럼 넘긴다.

공을 과시하는 것만큼 격이 떨어지는 일도 없다.

"아직 전쟁이 끝난 것은 아니다. 모두 자리로 복귀해라."

"예!"

가신들이 흩어졌다.

아론은 자신을 둘러싸고 있는 사람들을 뒤로하고 성벽 위에 올라왔다.

뒤에서 수군대는 소리가 들렸다.

"계승 작위지만 공작이면 베론 왕국의 유일한 왕통이 아닌가? 그럼에도 초심을 잃지 않으시다니."

"하하! 너희들은 이제 들어와서 모르겠지. 공작님은 여신의 가호를 받으신다. 결코 패하는 일이 없단 말이다."

"그, 그런가?"

뒤통수가 따끔거렸다.

아론이 패하는 경우가 없다?

그는 불사신이 아니었다.

도저히 나서지 않으면 안 되었기에 나서는 것뿐이다.

막강한 군사력과 보스를 피해 없이 잡을 수 있을 정도의 기사가 즐비하다면, 절대 아론이 나설 일은 없다.

'이 빌어먹을 게임은 어쩔 수 없이 군주가 나서게 만든다는 것이 문제지만.'

새삼스럽지만 팔자가 사납게 느껴졌다.

아론은 한숨을 내쉬며 주변을 둘러봤다.

콰과과광!

방어 타워에서 10초에 한 번씩 홀리 붐을 날렸다.

천사의 석상이 검을 휘두르며 신성력의 덩어리를 방출하자 일부 사람들은 넋을 놓고 그 광경을 바라봤다.

이건 아론조차 시선이 갈 지경이었다.

최초의 방어 타워인 만큼 엄청난 효과를 내는 것은 아니었지만, 기대했던 정치적인 효과가 대단했다.

오자마자 문제를 발생시킬 것이라 생각했던 후작군이 조용하게 있는 것도 이 방어 타워의 역할이 컸다.

물론, 방어 타워가 병풍 장식은 아니었다.

마물이 공격에 맞으면 재가 되어 사라진다.

고작 10초에 한 번이며 범위도 넓지 않았지만, 이 정도면 유의미한 효과를 낸다고 해도 좋았다.
성벽 아래 해자에는 뱀파이어의 시신이 둥둥 떠다녔다.
해자에는 성수가 채워져 있다.
놈들의 사체가 부글부글 끓으며 검은 연기가 발생했다.
아까운 성수를 들이부었지만 효과가 있어 다행이다.
그 밖에, 아군의 피해는 그리 크지 않았다.
뱀파이어들이 몰려오는 초반에야 다소 피해가 발생했지만, 그들의 군주가 죽고 나서는 속절없이 무너졌다.
성벽과 평원에 널린 뱀파이어의 시신이 그 사실을 증명하고 있었다.
성벽으로 쳐들어오던 뱀파이어들이 모두 도주했다.
"승리했다!"
"와아아아!"
병장기를 치켜드는 병사들.
저벅. 저벅.
아론은 성벽을 내려와 후작군 진영으로 이동했다.
그는 움직이면서도 립서비스를 잊지 않았다.
마주하는 기사와 병사들의 어깨를 두드리며 한마디를 건넸다.
"고생 많았다."
"아닙니다! 주군의 돌격으로 승리할 수 있었습니다!"
"어디 그게 나 혼자만의 공로인가? 너희들의 노력이지."

군주의 치하.

중세 군주들은 권위를 세운답시고 이런 서비스(?)를 제공하지 않았다.

허나 현대인 출신의 아론은 다르다.

말 한마디로 충성심을 살 수 있다면 그보다 큰 이익이 없다.

돈이 드는 것도 아니니 가성비가 높았다.

마침내 아론은 후작군 깊숙이 들어왔다.

모두가 그의 행보를 지켜보고 있었다.

후작군은 바드론 레이올드 기사단장의 영향을 가장 많이 받았다.

후작은 물론 참모진과 휘하 무관들이 몰살된 가운데, 바드론을 비롯한 몇몇 기사만 설득할 수 있다면 그들의 군대 전체를 얻게 되는 것이다.

이어서 후작령을 얻게 되는 것이 자연스러운 수순이었다.

"구원을 요청하여 구했다."

"공작님의 배려에 감사드립니다!"

"나는 너희에게 선택의 기회를 주고자 한다."

"서, 선택의 기회라면?"

"지금은 특별한 상황이다. 대륙이 무너지고 마신의 군대가 사방에서 날뛰고 있지. 이 역시 여신께서 내려 주신 시련이나, 인간의 오만함이 절정에 달한다면 언제고 휩쓸릴 수 있음이다. 여신께서는 인류의 결의를 엿보고 계신다. 멋대로 분열하여 자멸할 것인가, 힘을 합쳐 난관을 극복할 것인가. 그러하니 신을 대리하는 내 입장에서는 반란의 씨앗을 품을 만큼의 여력이 없다."

"바, 반란이라니요?"

"인간이란 안락한 삶에서 불만이 터져 나오기 마련. 사람의 마음은 예측할 수 없다. 그러니 묻겠다. 조금이라도 내게 불만이 있거나 역심을 품을 것 같거든 떠나라. 그것이 서로를 위해 좋다."

웅성웅성.

주변이 소란스러워졌다.

이래서야 숫제 내치는 것 같은 모양새였다.

아론이 손을 들어 소란을 멈추게 했다.

"허나 너희가 진정으로 여신의 뜻에 따르고자 맹세한다면, 내가 반드시 천국으로 인도할 것이다. 시간은 오늘 밤 회의까지다."

여기저기서 혼란스러운 감정이 느껴졌다.

그럴 수밖에 없었다.

여신의 기적을 눈앞에서 목도하였다면 신앙심이 없는 사람이라도 흔들릴 수밖에 없을 테니까.

전후 처리를 위해 이동하는 아론에게 칼슨 경이 다가왔다.

"주군, 굳이 이럴 필요가 있나 싶습니다."

"어차피 저들이 할 수 있는 건 없다. 그들은 마신의 군대가 얼마나 강력한지 보았지. 경이라면 신성 보호막을 두고 떠난다는 선택을 할 수 있겠나?"

"절대 못 하죠."

"맞다. 나는 그들에게 선택할 수 있다는 착각을 심어 준 것이다."

"대단한 책략입니다!"

아론은 칼슨의 말에 슬며시 웃었다.

'책략은 무슨. 생색내기에 가깝지.'

알파드 요새 치료소.

웨이브를 막기 위해 작정하고 지어진 요새에는 각종 군사 시설이 부족함 없이 지어졌다.

그건 치료소도 마찬가지였다.

천막이나 치고 끝나는 것이 아니라 제대로 된 건물과 침상을 준비했다.

전문 인력도 상시 배치되어 있다.

베일리 교단의 사제들을 중심으로, 진보된 의학 지식을 전수받은 군의관들이 돌아다니며 치료했다.

군의관을 돕는 여성 인력들도 있었으며, 최종적으로는 치유 마법으로 상처를 아물게 한다.

바드론 레이올드는 치료소를 둘러보며 생각했다.

'공작은 여신의 뜻이라 말했지만, 추후 문제가 생길 것을 사전에 예방하고자 한 조치다.'

병사들이나 기사들은 자신에게 '선택권'이 있다고 여겼다.

하지만 과연 그럴까?

'체계화된 의료 서비스, 영지 전체를 보호하는 신성 보호막, 안정된 정치 체제까지. 누구라도 여길 벗어나면 죽는다는 생각을 할 것이다. 그럼에도 굳이 선택을 하게 한다니. 무서운 사람이군.'

정말로 아론 오라클이 베일리의 가호를 받았는지는 아직 알 수 없다.

기적 같은 광경을 많이 목격했지만, 정교하게 짠 판이라 볼 수도 있는 것이다.

'모든 것이 공작의 의도라고 해도 상관없다. 세상이 멸망해 가고 있는 것은 확실하며, 그걸 막아 줄 수 있는 유일한 방패가 바로 오라클 공작일 테니.'

치료소를 둘러본 바드론은 바쁘게 움직이는 병사들을 보았다.

누구 하나 불평불만하지 않았다.

심지어 백성들이 움직이며 전후 처리를 돕고 있었다.

아론 오라클 역시 바쁘게 지시를 내리며 움직이는 중이

었다.

"마이어 경!"

"예, 주군!"

"중갑 기병을 경기병으로 만들어 흩어진 적을 주살하라. 늘 하던 대로 보호막 안의 적들만 처리하면 된다."

"맡겨만 주십시오!"

"칼슨 경은 적과 아군을 분리해 시신을 수습해라. 뱀파이어의 시신은 태우는 수밖에 없음을 명심해라."

"예!"

모두가 하나처럼 움직였다.

군주부터 백성에 이르기까지 유기적인 집단을 보는 듯했다.

바드론은 조용히 결론을 내렸다.

'생존을 위해서라도 공작령에 편입되어야 한다.'

아론을 지켜보던 눈이 사라졌다.

10분쯤 흐르자 에리아 경이 보고했다.

"결심을 내린 것 같습니다. 바드론 경이 휘하 기사를 모아 '주군의 유언을 지킬 것'이라고 하였습니다."

"계속 관찰하라."

"예, 주군!"

아론은 굉장히 편리함을 느꼈다.

특수 정보부를 창설하며 정보에 관련된 모든 업무를 에리아 경에게 담당하게 했다.

효과는 상상 이상으로, 정보의 질이 매우 뛰어났다.

특수 작전도 척척 해내고 있었으니, 에리아 경의 입지도 점점 넓어질 것이다.

그에 질세라 다른 가신도 열심히 움직였다.

모두 알고 있는 것이다.

신성 보호막은 계속 넓어지고 있었다.

계승권까지 가진 아론이 신성 왕국을 건설하지 않으면 그게 더 이상한 상황이었다.

때가 되면 논공행상을 통해 권력층이 생길 것이니, 지금부터 몸을 갈아 넣어야 한다.

여기, 권력을 위해 움직이는 사람이 또 있었다.

"주군!"

"그랑칸 경, 경의 역할은 끝났다. 보급에 문제가 없었으니 된 것이지."

"아닙니다! 부상자들이 계속해서 들어오고 있습니다. 이대로라면 의료 시스템이 감당을 못 할 겁니다."

아론은 고개를 갸웃거렸다.

지금 구축된 의료 체제가 고작 부상자 수백을 감당 못 한다?

정말 그랬다면 아론까지 치료소에 처박혔어야 한다.

"하고 싶은 말이 뭔가."

"제게 병력을 내어 주시면 트롤을 사냥하고 포션을 공급해 오겠습니다!"

"호오."

그랑칸 남작의 눈에 열망이 보였다.

본인이 생각해도 도태되고 있는 것 같으니 위험을 무릅쓰고라도 가치를 증명하겠다는 것이다.

트롤은 본령 북쪽에 서식한다.

지금쯤 본령 위에 붙어 있는 대수림 전체가 신성 보호막 권역에 들어왔을 것이니, 마물이 많이 약화됐을 것이다.

"병력 300을 주겠다."

"최선을 다해 포션을 수급하겠습니다!"

남작은 명령이 거두어질까 두려워 바로 사라졌다.

물론 아론은 전혀 그럴 생각이 없었다.

'능력 있는 인재가 알아서 갈려 나가 준다는데 말릴 이유가 없지.'

태양이 지평선 뒤로 물러났다.

노을이 신성 보호막에 산란하며 아름답게 물들었다.

실로 초자연적인 광경.

하루를 마무리하는 사람들이 저마다 하늘을 올려다보며 멍하게 장관을 감상하기도 했다.

약간 찬기를 머금으며 부드럽게 스치는 바람.
언뜻 평화롭게 보이기도 한다.
'함정이 따로 없지.'
아론은 하늘에서 시선을 거두고 요새 내부를 관찰했다.
전사자들의 시신이 켜켜이 쌓여 불타고 있었다.
장례식에서 아론은 그들의 영혼이 천국에 거할 것이라 하였으나, 전우가 죽어 나간 빈자리는 클 수밖에 없었다.

[1436:55:21]

시선을 다시 돌리자 반투명한 창이 눈에 들어왔다.
또다시 시간제한이다.
아론은 도저히 편하게 쉴 수 없는 팔자였다.
자꾸만 뭘 더 해야겠다는 생각이 드는 것이다.
한숨을 내쉰 그는 보상을 마저 확인하기로 했다.
먼저 포인트 상점.
"이건 사실상 강제지."

힘의 근원

힘 10% 상승.
가격: 60포인트.

아론은 가지고 있는 모든 포인트를 털어 패시브 스킬을 구매했다.

힘 스탯을 무려 퍼센트로 올려 주는 스킬이다.

상시 적용 패시브.

구매하여 습득하자 몸 내부에서 강렬한 힘이 끓어올랐다.

팡!

주먹을 뻗자 매서운 소리를 냈다.

스탯: 체력(10+3) 정신(5+2) 힘(14+7+2) 민첩(5+2) 지혜(3+2) 신성력(1+4)

아론은 남아 있는 스킬 포인트를 힘의 근원에 투자했다.

힘이 20%나 상승하면서 추가 스탯이 +4로 늘어났다.

스킬치고 허접스럽다고 할 수 있을지 몰라도 이건 대기만성형이다.

힘이 늘어날수록, 스킬 포인트를 많이 투자할수록 빛을 본다.

개인적으로는 이 정도만 해도 굉장한 효과라 생각했다.

마지막으로.

"유니크 아이템을 얻은 것은 천운이었지. 은급 상자에서는 큰 기대를 하지 않는다."

아론은 그렇게 중얼거렸지만, 사람 욕심이 그렇지 않다.
가챠를 돌리는데 기대 안 하는 사람은 없다.

[치유의 목걸이를 획득했습니다.]
[묵은 밀 500kg을 획득했습니다.]

"음?"
임팩트는 크지 않다.
묵은 밀은 빵을 만드는데 사용되겠지만 품질은 기대할 수 없었다.
그보다는 아이템.
아론은 '치유'라는 말에 주목했다.
"치유 계열 매직 아이템이라."
바로 감정해 봤다.

치유의 목걸이

등급: 매직
물리 방어력: 5
마법 방어력: 10
내구도: 1010

추가 옵션
회복 마법 HP 회복량 10% 증가.

어느 이름 없는 성자의 유물.
-약자를 구원할 따름이다-

아론이 쓰기에도 나쁘지 않다.
그는 힐도 사용했으니까.
하지만 세이라에게 더 잘 어울릴 것 같았다.
하급 힐을 시전해 봐야 차오르는 HP의 양은 많지 않았다.
이 아이템은 '힐'에 특화된 신관이 사용해야 더 큰 효과를 본다.
세이라는 전투마다 전쟁터를 전전하며 부상자를 줄이기 위해 노력하고 있었다.
그녀에게 이 아이템을 주면 장기적으로 볼 때 매우 큰 효과를 낼 것이다.
아론에게는 이런 허접한 아이템보다 더 좋은 아이템이 어울린다.
"근위병!"
"예, 영주님!"
"세이라 대신관을 불러와라."
"명에 따릅니다!"

가을이라 그런지 해는 빠르게 모습을 감추었다.

순식간에 요새는 어둠에 잠겨 들었다.

곧 있으면 회의가 있었지만, 그 전에 세이라에게 줄 것이 있었다.

그녀가 들어오자 피비린내가 확 풍겼다.

지금껏 치료소에서 부상자를 돌보고 있었던 것이 틀림없다.

창백한 얼굴.

대신관이라는 직책이 주는 무게 때문인지, 천성이 그런 것인지 무리하며 신성력을 사용한 것 같았다.

"세이라, 몸을 아껴야 한다. 그대가 쓰러지면 교단 전체가 흔들리거든."

"여신께서는 항상 희생을 강요하셨어요. 제가 전장에서 싸울 수는 없어도 최선을 다해 부상자를 돌봐야죠."

"뭐……. 그래."

거기에 대해서는 할 말이 없다.

세이라는 아론이 일선에 나가서 싸우는 것을 희생으로 봤다.

악마에 대항하여 분연하게 싸우는 신의 사도.

그녀에게는 그런 평가가 내려질 것이다.

달칵.

아론은 세이라에게 잘 포장된 상자를 하나 내밀었다.

선물이랍시고 주는데 달랑 목걸이만 줄 수가 없어서다.
"어머, 이게 뭔가요!?"
그녀는 꽤 놀란 표정이었다.
옵션이 그다지 좋지 않은 것에 비해 세공은 잘 되어 있었다.
백금 소재에 펜던트는 천사의 형상이다.
은은하게 성력이 흐르는 것이 보통 물건이 아닌 것처럼 보인다.
아론은 연기를 할 때임을 직감했다.
"대주교가 고생하는 모습을 보다 못해 여신께 청했다. 그랬더니 이 목걸이를 내려 주시더군."
"와! 정말인가요!?"
그녀는 뛸 듯이 기뻐했다.
여신의 선물.
원래부터 신심이 깊은 그녀였지만, 지금은 아예 맛이 가 버린 표정이었다.
광신도를 뛰어넘어 사제가 된 세이라.
더욱 신심을 깊게 만들어 성녀의 단계에 도달시키는 것이 아론의 목표였다.
"감사합니다!"
"어?"
세이라가 아론에게 와락 안겼다.

'아무도 못 봤지?'

등 뒤로 식은땀이 줄줄 흘렀다.

세이라의 외모?

말해 입 아프다.

화려한 백금발, 엘프에 비견되는 얼굴.

피부도 깨끗하고 하얗기에 화면 속 캐릭터를 눈앞에서 보는 듯했다.

하지만 아무리 아름다운 여자라도 이 상황은 좋지 않다.

"허험. 우리는 신을 섬기는 자들이니 몸가짐을 바로 해야 한다."

"아……. 죄송해요. 너무 기뻐서 그만."

눈물을 찔끔 흘리는 모습까지, 참으로 가련하다.

'정신 차리자! 신성 군주와 대주교의 염문? 상상만 해도 망해 자빠지는 미래가 보인다.'

이렇게나 디펜스 워는 끔찍한 게임이다.

함정을 곳곳에 배치시켜 놓았으니까.

"함께 회의에 참석하지."

"네!"

아론은 담담하게 돌아서며 가슴을 쓸어내렸다.

저녁 식사가 끝나고 회의실에 가신들이 모였다.

새삼스럽지만 그 숫자는 꽤 늘어나 있었다.

오라클 영지의 가신도 있었지만 각 영지의 인재, 심지어는 타국의 왕녀까지 있었다.

오늘은 좀 더 혼란스럽다.

이 자리에 라피언 후작 가문 인원까지 참석했기 때문이다.

앞으로 할 이야기는 기밀에 가깝다.

라피언 가문 사람들이 어떤 생각을 가지고 있는지 들어봐야 한다.

"바드론 경."

"옛, 전하!"

바드론 레이올드가 한 발 앞으로 나오며 무릎을 꿇었다.

그 모습에 앞으로의 상황이 대충 그려졌다.

"경이 속해 있는 라피언 가문은 오라클 영지를 치려고 했다. 얼마 전까지는 적이었으므로 가신 회의에 참여할 자격이 없다."

"짧은 시간이었지만, 결론을 내리기에는 충분했습니다."

"어떤 결론에 닿았나."

쿠웅!

"……."

또 시작이다.

이 시대 사람들은 땅바닥에 머리 박는 것을 낭만이라 여기는 모양이다.

바닥에 깔린 석재가 갈라졌다.
사정없이 머리를 찍어 대니 피가 안 날 수 없다.
흥건하게 흐르는 피를 보며 오라클 영지 기사들은 '제법'이라며 기사도 정신을 인정하는 모양이었다.
"제 주군이셨던 선대 라피언 후작님은 공작께 영지를 잘 부탁드린다는 유언을 남겼습니다. 기사 된 자의 도리로 주군의 명에 따르는 것은 당연한 일. 부디 저희를 받아 주십시오!"
"받아 주십시오!"
바드론을 비롯한 세 명의 기사가 함께 머리를 찍었다.
넓은 회의실이 다 울릴 정도로 격렬한 인사였다.
"단지 그뿐인가?"
"예?"
"선대 후작이 유언을 남겼기에 따르는 것뿐이냐는 것이다."
"그건……."
"솔직하지 못하군."
"사죄드립니다! 후작님의 유언은 핑계일 뿐이고, 이 험난한 세상에서 살아남으려면 공작님께 의탁하는 것만이 유일한 방법이라는 사실을 깨달았습니다."
"나머지 기사들도 생각이 같나."
"예!"

아론은 고개를 끄덕였다.

몇 시간이라도 오라클 영지를 돌아다녀 봤다면, 생존을 위해 고개를 숙이는 것이 유일한 방법이란 사실을 알았을 것이다.

뒤늦기는 해도 솔직해서 마음에 들었다.

"허락한다."

"제 목숨은 주군의 것입니다!"

"제 목숨을 주군께 바칩니다!"

후작 가문 기사들이 아론에게 충성을 맹세했다.

후작이 죽었기에 가능한 일인 것이다.

아론은 영지를 인수하는데 한 가지 문제가 있음을 간과하지 않았다.

"라피언 가문에는 후계자가 있을 텐데. 그 문제는 해결을 볼 수 있나."

"레도나 영애께서 계십니다만, 공식적인 후계자는 아닙니다. 선대 후작께서는 여성이 군주의 자리에 오르는 것을 반대하셨습니다."

"그런가."

제아무리 여성에 관대한 세상이라도 한계는 있었다.

특히 계승권에 대해서는 인식이 박했다.

레냐 오라클 역시 아론이 부재중일 때는 힘을 쓸 수 있지만, 오빠가 죽어 버리면 힘을 잃고 만다.

왕녀와 다르게 영애의 위치란 정략결혼의 도구로 사용하는 것이 일반적이었다.

'레도나 영애라면 걱정할 것 없지.'

제 아버지 같은 성격이라면 매우 곤란했을 것이다.

권리를 찾겠다고 설치면 반란의 씨앗이 될 테니까.

레도나 영애는 레냐와 나이도 비슷하고 나름 능력도 있었으니 데려와도 나쁘지 않을 것 같았다.

"경들은 자리로 돌아가라."

"예, 주군."

"레미나 경, 오늘 피해 집계가 나왔나."

"아군의 피해는 사망 25명, 중상 15명입니다. 전(前) 후작군의 피해는 총병력 3천에 사망 1,700명가량, 부상자는 수백으로 추정됩니다."

"으음."

아론이 유도했지만 엄청난 숫자이긴 했다.

이번 작전에 성공하지 않았다면, 그 피해는 고스란히 오라클 영지가 받았음이 분명하다.

그 상태로 후작이 쳐들어왔다면?

생각만 해도 등골이 서늘해졌다.

"우리가 가용할 수 있는 병력은?"

"2,500명에서 2,700명 사이가 될 것 같습니다."

"그런가."

부상자가 많아 확답할 수 없었다.

아론은 늘어날 인구까지 계산해 병력을 뽑으려 했다.

"바드론 경, 후작령 인구가 얼마나 되나?"

"추산으로는 3만 정도이지만 늘어날 수도 있습니다. 정확하게 인구 조사를 한 지가 좀 되어……."

"알겠다."

뭐 하나 똑 부러지는 것이 없다.

아론이야 정확한 인구와 토지를 알고 있어야 세수가 늘어난다는 사실을 알았지만, 중세에는 반쯤 포기한 듯했다.

군역을 피하기 위해 일부러 명부에 누락되기도 했으며, 화전을 일구며 숨어 사는 사람도 있었다.

행정력 부족으로 인구를 정확히 추산하기 힘들었으니, 영지가 대충 운영되는 경우가 허다했다.

물론, 아론의 사전에 대충이란 없었다.

"샤론."

"네!?"

"다음 웨이브까지 두 달 남았다. 가능하면 빨리 인구와 토지를 조사해 통계를 내도록."

"으으, 알겠어요."

샤론 왕녀는 질린다는 표정이었다.

말이 인구 조사지 이게 얼마나 어려운 일인지 알고 있었기 때문이다.

수천 명 수준에서는 문제가 없지만, 만 단위를 넘어서는 순간 행정력에 한계가 올 것이 뻔했다.

다음 안건이다.

"주군, 인구 통계를 내고 병력을 확충하는 것도 좋지만, 그 전에 그 많은 인구가 뒤섞여 필연적으로 문제가 발생할 것입니다."

바드론의 가장 큰 걱정이 바로 이것이었다.

얼마 전까지 적이었던 사람들이 섞이는 것이다.

그러니 대규모 소요 사태가 일어나도 이상하지 않은 일이다.

아론은 어깨를 으쓱였다.

전혀 걱정할 문제가 아니라 본 것이다.

"여신께서 말씀하시길, 통합을 위한 기적을 보인다 하였다. 인위적인 조작이 아닌 진정한 기적. 그 광경을 목도하게 되면 문제는 자연스레 해결된다."

'인간이 갑자기 튀어나오는 기적은 신(시스템)의 역사하심이지. 그렇고말고.'

'진정으로 하시는 말씀인가?'

아론의 말에 바드론은 생각했다.

그는 마이어처럼 종교에 약간 불신이 있는 사람이었다.

영지 곳곳에서 보이고 있는 기적에 마음이 기울고 있었지만, 군주가 이렇게 호언장담할 줄은 몰랐다.

아론은 바드론의 생각을 간파했다.

"군주의 말을 의심하는 것도 죄다."

"화, 황공하옵니다."

'초심자 패키지'가 어떤 식으로 인력을 수급해 줄지는 모른다.

아론 개인적으로는 사람들이 갑자기 생겨나는 것이 베스트라고 생각했지만.

'하늘에서 내려오는 광경도 좋긴 할 거야. 이래저래 생각나는 퍼포먼스는 있지만 여긴 현실이라 가늠이 되지 않는군.'

초심자 패키지가 아니더라도 돌파구는 있었다.

일용할 양식을 '생성'하고, 이번 전투로 병사들을 승급하면 충분히 기적처럼 보일 것이다.

이 짓도 많이 하다 보니까 얼굴에 철판을 깔게 됐다.

"칼슨 경, 지도를 가져와라."

"옙!"

촤악!

회의실 한가운데에 차트처럼 지도가 펼쳐졌다.

베론 왕국과 주변국을 표시한 전도다.

푸른색으로 그어 놓은 곳까지가 아군의 영역권이었다.

현재는 후작령의 반을 삼켰다.

지도는 벌써 몇 번이나 수정된 흔적이 있었다.

"다음 웨이브는 바이어트 성채다. 두 달 후에 전투가 벌어질 것이므로 겨울 전투다."

"……!"

기존 가신들은 담담했지만, 새로 영입된 기사들은 아니었다.

어떻게 그걸 알 수 있냐는 표정이었다.

칼슨이 그들을 노려봤다.

"의심하지 맙시다. 지금껏 모든 웨이브를 주군께서 예상하셨어요."

"허험, 혹시 여신께서 계시하신 겁니까?"

"그게 아니면 일개 인간이 어찌 그 사실을 알겠나?"

완전히 믿지 못하겠다는 얼굴.

상관없었다.

머지않아 기적을 보게 된다면 믿기 싫어도 믿게 될 것이다.

"마이어 경은 표시된 권역까지 적을 추격해야 한다."

"예!"

"잭슨 경은 징병을 통해 병력을 3천까지 맞추도록."

"내일부터 이행하겠나이다."

아론은 군사, 농업, 건축으로 분야를 압축해 정책을 펼쳤다.

지금 상황에 다른 분야까지 건드리는 것은 힘들다.

회의가 끝날 즈음.

바드론 레이올드가 한 가지 문제를 더 짚었다.

"주······군, 개정된 영지의 권역을 보면 서쪽에 그레이븐 제국까지 걸쳐 있는 것을 확인할 수 있습니다."

"그래서?"

"심각한 외교 문제가 발생하지 않겠습니까?"

"외교 문제라."

아론과 가신들은 슬며시 웃었다.

지금 세상에서 외교 문제?

괜히 군대를 움직였다가는 라피언 후작처럼 작살날 것이다.

"오히려 문제가 터져 주었으면 좋겠는데."

"예?"

"그걸 명분으로 제국의 인구까지 수급할 수 있을 것 아닌가."

본격적인 이주가 시작되었다.

지난 회의에서 아론은 확실한 기준을 만들었다.

라피언 영지까지 걸쳐 있는 신성 보호막은 본령까지 품지는 못했기 때문이다.

백성들은 오라클 영지로 잠시 이주할 수밖에 없다.

작전을 위해 라피언 영지군만으로 이루어진 병력 500명이 준비되었다.

책임자는 바드론 경이다.

이주를 위한 물자도 준비를 마쳤다.

본령의 식량이 부족했으므로 아론은 굶어 죽지 않을 정도만 지원을 해 주었다.

그마저도 뼈아프긴 했지만.

"주군, 모든 준비를 마쳤습니다."

"출발하도록."

"하온데……."

바드론 경은 쉽게 발을 떼지 못하고 있었다.

수레에는 식량이 실렸으며 망가진 무구는 교체해 주었다.

오라클 영지에 우마가 부족해 많은 지원은 하지 못했지만, 이 정도만으로도 큰 도움이 될 터였다.

"할 말이 있나."

"주군께서는 많은 지원을 해 주셨습니다. 허나 제가 배신할 가능성은 생각하지 않으셨습니다."

"시답지 않은 이야기다."

"제가 배신한다면 어쩌려고 이렇게 퍼 주십니까?"

아론은 잠시 생각했다.

군주의 자리에 있으면 이런저런 시험을 받게 된다.

이 역시 일종의 시험이라 보아도 무방했다.

그렇다면 필요한 것은 인성질이다.

인간관계에는 진심만 들어가는 것이 가장 좋지만, 군신관계에서는 아니다.

"신뢰의 본질이 그렇다."

"예?"

"신뢰는 믿음을 기반으로 한 무형의 가치지. 거짓과 배신으로 얼룩진 세상이 되었으나 여전히 믿음이 가지는 힘이 있으리라 믿는다. 내가 경을 먼저 믿지 않는다면 어찌 그대가 군주를 신뢰할 수 있겠나."

"……!"

믿음은 먼저 주는 것.

그게 정론이다.

바드론의 얼굴을 보니 인성질이 어느 정도 먹혀든 것 같았다.

"믿음은 믿음으로 보답하겠나이다."

"첫째도 안전, 둘째도 안전이다. 그 점을 명심하고 백성들을 무리하게 재촉하지 말도록."

"예, 주군."

바드론이 아론을 보는 눈빛이 바뀌었다.

그는 500의 병력과 함께 사라졌다.

곁에 서 있던 칼슨 경이 고개를 갸웃거렸다.

"너무 쉽게 보내 주신 것 아닙니까?"

"칼슨 경, 내가 이렇게 한 이유는 저들을 쓸어버릴 자신이 있어서 아니겠나?"

"아!"

"이런 시대에 신뢰란, 힘이 있는 쪽에서 먼저 줄 수 있는 사치스런 감정이야. 세상은 그리 만만하게 돌아가지 않는다."

"맞는 말씀입니다."

권력이란 마약과 같은지라 모두가 탐하게 되어 있다. 단순한 인간관계보다 힘의 논리가 더욱 부각되는 것이다.

그런 의미에서 보면 바드론 경이 배신할 가능성은 제로에 가까웠다.

오라클 영지 북서쪽.

그레이븐 제국의 국기를 건 사신이 이동하고 있었다.

사신을 보낸 자는 그레이븐 제국의 동부 사령관이자 변경백 바르다힌 백작이다.

그는 신성 보호막이 자신의 영지 일부를 잘라먹는 순간, 가치를 알아보았다.

마물이 통과할 수 없는 벽.

신성 보호막이 계속 확장하고 있다는 사실도 알아냈으므로 가장 아끼는 수하이자 참모인 락시도 자작을 파견하기에 이르렀다.

[제국의 위세를 이용해 빼앗는다.]

[순순히 물러나겠습니까?]

[물러나지 않으면 전쟁이지. 시골 영지에 병력이 많아 봐야 얼마나 많겠나? 지속적으로 확장되는 신성 보호막을 이용해 힘을 기르면 우리가 제국을 도모할 수 있다.]

이미 몰락한 제국이다.

수도는 사라지고 황제가 서거한 상황.

제국에 새로운 주인이 나타난다고 결코 이상한 일이 아니었다.

사신이 빠르게 서진하고 있는 와중, 오라클 영지에서 그들을 안내하기 위해 병력을 파견했다.

"자작님, 저들이 어지간히 놀랐나 보옵니다."

"당연히 놀랐겠지. 세상이 멸망지경에 놓였다. 이 상황에 제국 사신이 찾아와? 내가 오라클 남작이라면 놀라서 기절했을 것이네."

정말 위세만으로 오라클 영지를 빼앗을 수 있을지도 몰랐다.

이제 국경이 사라졌다.

남작의 입장에서도 변경백의 권위에 편승하는 것이 나은 선택이었다.

락시도 자작은 그렇게 확신했지만.

"어디 감히 제국 따위가 항의 사신을 보낸 것이냐!"

"따위?"

자작은 순간적으로 자신의 귀를 의심했다.

아무리 제국의 수도가 무너졌어도 변경백이 가지고 있는 병력은 무시할 수 있는 수준이 아니다.

지금까지 그들이 살아남았다는 것만으로도 강력한 군사

력을 증명했다.

 이 상황에 변경백의 깃발을 보고도 욕을 먹었으니 의심이 될 수밖에.

 "신성 보호막은 여신의 기적으로 인한 것. 여기에 항의하려 하다니! 감히 여신께 대항하려는 것이렷다!"

 "뭔 말을 해도 그렇게……."

 "지옥에 떨어질 것이 아니라면 썩 꺼져라!"

 반박 없이 이야기를 듣던 락시도 자작도 심기가 확 뒤틀렸다.

 "웃기는 놈이로구나! 나는 사신의 자격으로 왔다. 그렇다면 마땅히 네 주군께 안내해야 하거늘!"

 "멸망한 제국과 왕국 간에 사신? 이게 누굴 개x으로 알고 있나!"

 "대, 대체 네 녀석은 누군데 이토록 시비를 거느냐?"

 "나? 성기사 말도르 카브란 님이시다!"

 "……."

 사신단은 어처구니없다는 표정을 지었다.

 '성기사? 성기사라는 놈이 입에 걸레를 물어도 되는 거야?'

 베르칸 시청.
 오라클 영지의 명목적인 영주성은 여전히 본령이다.

다만, 본령이 너무 북쪽으로 치우쳐져 전체적인 통치가 힘들다.

베르칸 시를 본령으로 삼을 수도 있었으나 아론은 그러지 않았다.

영토는 늘어나게 되어 있다.

시간이 지날수록, 해가 거듭될수록 엄청나게 팽창할 텐데 그때마다 영주성을 갈아 치울 수도 없어 그냥 두었다.

시청 응접실에 제국 사신들이 방문했다.

'아라튼 바르다힌 변경백이라.'

동부 사령관이자 막강한 군사력을 가진 귀족.

디펜스 워를 하다 보면 알기 싫어도 할 수밖에 없다.

이 시대 제국이란 이름을 사용하려면 기본적으로 인구와 국력이 엄청나야 한다.

멸망 전 제국의 인구는 5천만.

바르다힌 변경백령의 인구가 30만에 가까웠으므로 오라클 영지가 비벼 볼 수준은 아니었다.

'지금은 아니지.'

악신의 군대가 세상을 집어삼켰다.

당연히 바르다힌 변경백령도 멀쩡할 수 없었다.

설정에 따르면 5만 정도의 인구에 3~4천의 병력을 가용하고 있을 터다.

아론의 군대와 별 차이가 나지 않는다는 뜻이다.

'어디 바르다힌 변경백과 전쟁을 한두 번 해 보나. 항상 같은 전술을 사용했었지. 반드시 이길 수 있다.'

아론은 생각을 마치고 사신과 마주했다.

"말도르 경에게 들었다. 감히 인간 따위가 신의 역사를 폄훼하였다지?"

"남작님, 저희는 그런 것이 아니라."

"말 똑바로 해라. 나는 아론 하이드 오라클 공작이다."

"그, 그렇습니까?"

사신은 땀을 뻘뻘 흘렸다.

그들은 나름 협박을 하기 위해 찾아왔지만 씨알도 먹히지 않았다.

국가의 장벽이 사라졌으니, 사신 따위는 처형해도 된다는 분위기를 조성한 것이다.

말도르 경을 두니 협박은 두 배로 잘 먹혔다.

그들이 한마디라도 하려 치면 검을 뽑아 죽일 듯 휘둘렀기 때문이다.

"다시 요구를 해 봐라."

"세, 세상이 험난하니 함께 힘을 합쳐 난국을 극복해 보자는 변경백 각하의 말씀이 있으셨습니다."

"말도르 경의 말은 그게 아니던데? 감히 여신께서 내려 주신 신성 보호막을 강탈하고자 수작질을 거는 것 아닌가?"

"그, 그건 아닙니다!"

"솔직하게 말하지 않으면 살아서 나가지 못한다."

"……."

락시도 자작은 식은땀을 줄줄 흘렸다.

'광기의 집단이 따로 없구나!'

말이 통하지 않는다.

여차하면 전쟁을 불사한다는 식이었다.

락시도는 이를 악물며 말했다.

"변경백께서 공작님을 휘하에 두고 싶어 하십니다. 정확하게는 신성 보호막을……."

"신성 보호막은 기적이다. 여신께서 인류를 위해 선물했다. 한데 인간 따위가 그분을 시험하려는가?"

"그것이……."

쾅!

"곧 기적이 내려온다. 네놈이 직접 보고 판단해라! 그분이 어떤 기적을 내려 주시는지. 그리고 영혼 깊숙이 신앙을 새기도록 해라."

사신들은 졸지에 억류됐다.

국제법이 살아 있던 시절이라면 엄청난 외교적 결례겠지만, 왕국이고 제국이고 공식적으로 멸망한 상태였다.

국제법이 통할 리 없다.

아론은 기적 체험의 명목으로 질질 끌려가는 놈들을 보

며 웃었다.

"사신이 보는 앞에서 기적을 시연하면 제국에까지 광신이 미치겠지."

제7일 아침.
아론은 늘 그렇듯 영지 곳곳을 시찰했다.
신성 보호막은 이제 왕국 북부를 넘어 중부까지 침범했다.
권역이 상당히 넓어졌다는 뜻이었으므로 전략적으로 중요도가 떨어지는 부분은 과감히 포기했다.
대도시를 중심으로 발전하되, 디펜스의 무대가 되는 곳은 맨땅에 헤딩을 해서라도 발전시켰다.
다음 웨이브는 구 라피언 후작령에 속했던 바이어트 성채다.
그쪽으로는 건설부 직원들을 보내 처음부터 지어 올렸다.
아론이 시찰하고 있는 곳은 다다음 웨이브 지역의 보급기지였다.
"주군, 가일 시는 제국과 가까운 최전방입니다. 혹시 전쟁을 준비하시는 겁니까?"
"그런 이유도 있지."
레미나 경의 말에 아론은 고개를 끄덕였다.

바이어트 성채는 다다음 웨이브의 보급 기지인 동시에 바르다힌 백작과 결전을 벌일 장소다.

아론은 오랜 경험으로 승리를 장담하고 있었지만, 문제는 얼마나 압도적인 승리를 거두느냐다.

이 전쟁에서 베론 왕국인들이 왕가의 계승권을 인정할지 말지의 여부가 갈린다.

피해 없이 승리하고 제국의 변경마저 흡수할 수 있다면, 많은 제후들이 알아서 복속될 터였다.

'중반이 넘어가면 극소수의 제후를 제외한 모든 영지가 멸망한다. 그 전에 최대한 쓸어 담을 필요가 있지.'

이곳에는 노동형에 처해진 죄인들이 강제로 끌려나와 일했다.

아무리 백성들이 자발적으로 나선다고 해도 최전방에서 노역하게 하는 것은 바람직한 일이 아니다.

폐허가 된 성벽 위.

아론은 제국 강역까지 퍼진 신성 보호막을 바라봤다.

제국의 변경을 흡수하고 난 후에는 본격적인 스토리가 진행될 것이다.

국왕의 직위를 넘어 황위를 넘보기 위해서는 많은 준비가 필요했다.

"주군, 제가 찾아온 이유는 식량 때문입니다."

"떨어질 때가 됐지."

"맞습니다."

레미나 경은 난감한 표정을 지었다.

인구가 늘어난 만큼 식량의 소비량은 상상을 초월했다.

타 영지에서 식량을 수급할 수 있었냐 하면 그것도 아니었다.

어디를 가나 상황은 비슷했다.

다들 마물의 침공을 간신히 버티고 있었기에 농지에 신경을 쓸 수 없는 것이다.

필수 인력을 제외하면 굶는 날이 허다하였으며, 길거리에는 아사자가 속출했다.

오라클 영지에서는 적절하게 배급이 이루어지고 있었지만, 그게 영원하지 않다는 분위기가 형성됐다.

"불안감이 확산되고 있나."

"기존 오라클 영지의 백성은 문제가 없습니다. 그들이 가지고 있는 주군에 대한 신뢰는 굳건하니까요. 최근에 흡수된 백성들이 문제입니다. 제국 사신을 억류했다는 소문까지 돌면서 불안감이 가중되고 있죠."

"이해는 된다."

당연히 이런저런 문제가 발생할 것이다.

안정된 영지에도 갖은 범죄와 사고가 생기는데, 지금처럼 불안한 시국이라면 말할 것도 없었다.

신앙 문명이라 어느 정도 극복은 되고 있었으나, 시간이 흐를수록 강한 처방이 필요할 터였다.

"문제는 그게 다인가."

"라피언 후작령 백성들이 곧 베르칸 시에 입성합니다. 그 숫자만 물경 3만이니 무슨 사달이 벌어져도 단단히 터질 것이라는 말이 돕니다."

지금 아론이 하고 있는 일은 무차별 확장이었다.

문제가 일어나든 말든 신성 보호막은 꾸준히 성장하니 어쩔 수가 없었다.

영지 하나를 흡수해도 동화되는 데는 수십 년이 걸린다.

몇 세대가 지나서도 잠재된 문제가 수면으로 떠오르는 경우가 많았다.

아론은 1년 내 엄청나게 많은 영지를 흡수해 나가고 있는 중이었다.

종교로 통합되지 않으면 분열되어 찢겨 나갈 것이 틀림없었다.

"오늘, 베르칸 시 앞에서 미사를 주관한다. 영지의 모든 백성들이 그곳에 모이겠지. 생기를 불어넣을 때가 됐다."

"그 말씀은……?"

"강력한 기적. 영지 전체를 광기의 집단으로 만들지 않는 이상 돌파구는 없는 거야."

"……화려하게 준비하겠습니다."

아론은 9시가 되기 전에 모든 작업을 중지시켰다.

영주의 명령이 떨어지자 작업자들이 베르칸 시로 이동을 시작했다.

그건 변방에 거주하고 있는 백성도 예외는 아니었다.

[초심자 패키지]

아론은 인벤토리에 고이 잠들어 있는 아이템을 확인했다.

미사가 끝나면 새로 편입된 백성들도 충분히 제어할 수 있을 것이다.

베르칸 시 지하 감옥.

감옥 입구 가까운 곳에 제국 사신이 갇혀 있었다.

벌써 3일째.

락시도 자작은 사신을 감옥에 가두어 버리는 공작의 패기에 꽤 놀랐다.

하지만 이곳에서 지내다 보니 그건 시작에 불과하다는 사실을 깨달았다.

"크윽! 저는 반란을 계획한 적이 없습니다!"

"반란이 아니라 신성 모독죄로 잡혀 온 것이다."

"신성 모독이라니요!?"

"여신께서 이 땅을 버렸다는 헛소리가 바로 신성 모독이다!"

"그럼 아닙니까?"

쾅!

벌써 수십 명의 백성이 같은 죄목으로 갇혔다.

반항하는 자들은 흠씬 두들겨 맞거나, 정말로 소요 사태를 계획한 경우에는 즉결 처분되기도 했다.

하루에 한 명씩은 무조건 사람이 죽어 나갔다.

"너는 악마에게 홀려 지옥의 언어를 이 땅에 퍼뜨렸으니 도저히 묵과할 수 없다."

"아, 아닙니다! 저는……. 끄아아악!"

감옥에서 흐르는 비명.

눅진하게 풍겨 오는 피비린내.

사람이 죽어 나갈 때마다 사신들은 몸을 떨었다.

'우리도 저 꼴이 되는 것 아니야?'

'정말 광기의 집단이구나! 믿음이 부족하다고 사람을 감옥에 처넣어? 이 땅에는 종교의 자유가 없나?'

사신들은 악마가 이 땅에 활동하고 있음을 전혀 인지하지 못했다.

이단심문관이 애먼 사람을 끌고 와 죽인다고 생각한 것이다.

한 사람을 처분한 이단심문관들의 목소리가 들렸다.

"관장님, 악마들의 활동이 더욱 격렬해진 것 같습니다."

"여신의 세력이 커지고 있다. 놈들이 설치는 것은 당연해. 허나 어떤 일이 있어도 악신 세력이 커지는 것은 막아야 한다. 악마가 소환될 수도 있음이다."

"예, 관장님!"

악마 숭배자라는 명목으로 잡혀 온 자들의 말로는 더욱 처참했다.

살벌한 고문이 이어졌으며, 근거지가 어딘지 반드시 불게 했다.

매일 비명과 죽음의 냄새를 맡다 보니 다들 정신이 이상해지기 직전이었다.

괴로움에 머리를 쥐어뜯고 있을 때, 사신들이 갇힌 감옥 문이 열렸다.

철컹!

"우, 우리는 잘못한 것이 없습니다!"

"나와라. 미사를 드릴 시간이다."

"……?"

멍하게 앉아 있던 사신들을 간수가 우악스럽게 끌어냈다.

이런저런 죄목으로 갇혀 있던 죄수 모두가 마찬가지였다.

그들은 특별 관리 대상으로 취급되었지만, 어떤 경우에도 미사에 빠질 수 없다는 것이 간수의 설명이었다.

'정말 공포가 따로 없구나!'

정오가 다가오자 영지민들은 하던 일을 멈추고 미사 장

소로 지정된 곳으로 이동을 시작했다.
　하나같이 눈에 광기를 머금은 인간들.
　전혀 정상으로 보이지 않는다.
　웅성웅성.
　베르칸 시 앞 평야.
　드넓은 땅에 수많은 사람이 모여들고 있었다.
　무려 물경 5만.
　사신들의 눈동자가 사정없이 흔들렸다.
　'어마어마한 숫자다. 멸망해 가는 땅에서 이만한 인구를 유지하다니……. 공작은 진정 왕국을 건설하려는가?'

　미사 직전.
　아론은 후작령에서 백성들을 이끌고 온 바드론 경으로부터 보고를 받았다.
　"여기까지는 문제가 없었지만, 불안감과 불신이 사방에 뿌리내려 있습니다."
　"졸지에 끌려 나왔으니 그럴 테지."
　"걱정하실 필요 없습니다. 그들도 생존을 위해서는 오라클 영지에 들어와야 한다는 사실을 알고 있으니까요."
　"고생했다."
　"별말씀을. 그럼 이만 물러가겠사옵니다."
　기적을 직접적으로 체험한 병사들은 걱정할 필요가 없다.

문제는 새로 편입된 백성들이었다.

갑자기 끌려온 백성들은 잠재적인 위협이라 봐도 무방하다.

결국 노력이 필요하다는 뜻이다.

'슬슬 악마들이 설치기 시작했다. 이단심문관들이 바빠진 것만 해도 답이 나오지.'

일부 백성이 악마에 홀려 악신을 숭배하기 시작했다.

그걸 방치하면 지옥의 악마를 소환하기 위해 별짓을 다 저지른다.

대악마가 소환되기라도 하는 날에는 그 순간 게임 오버인 것이다.

영지 전체가 멸망당한다는 뜻이다.

지하 감옥으로 악마 숭배자들이 끌려가며 소리를 질러 대니 은근하게 불안감이 퍼지는 것도 사실이었다.

그 밖에, 여러 결핍이 수면 위로 드러나고, 차별의 문제까지 거론됐다.

아론은 오늘을 마지노선으로 봤다.

더 이상 문제가 심화되면 곪아 터질 수가 있는 것이다.

그 전에 막아야 한다.

베르칸 평야에서 미사가 시작됐다.

5만에 이르는 백성이 모여 진행되는 미사였다.

후작령에서 들어온 백성들 역시 영문을 모른 채 종교 의식에 참여했다.

그들 모두가 불신자는 아니다.

오히려 반 이상은 여신을 믿었기에 별다른 문제없이 종교 의식이 거행되는 것이다.

"……마지막으로 신성 군주이시자 베일리의 사도께서 설교하시겠습니다. 오늘은 여신께서 기적을 내려 주실 예정이니 다들 경건한 마음을 가지세요."

판은 모두 깔렸다.

대놓고 여신의 기적이 일어날 것이라니 기대하는 사람이 많았다.

아론이 천천히 걸어 나와 단상 위에 섰다.

'이걸 준비한다고 귀한 마석 하나가 사용됐지.'

음성 확장기다.

마이크 비슷하게 생긴 기계를 통해 말하면 음성을 증폭시키는 장치로 평원을 채운다.

설교는 제7일 정오마다 하지만 오늘은 특히 중요했다.

각종 문제가 터지기 직전이었으므로 봉합하는 과정이 필요한 것이다.

"성서에는 여러 기적이 기록되어 있다. 그 자체만으로 경이로움을 안겨 주지만, 실제 기적을 목격하지 않는다면 믿음을 갖기 어려운 것도 사실이다."

"……."

착 가라앉은 분위기.

종교 예식은 괜히 '예식'이라 불리는 것이 아니다.

그 자체만으로도 세뇌의 힘을 가졌다.

성가를 부르며 기도하고, 설교를 들으며 마음을 안정시킨다.

많은 사람이 정신 수양을 목적으로 종교를 찾는 이유도 그런 이유 때문이다.

아론의 설교가 시작되자 시선이 확 쏠렸다.

"기적은 먼 곳에 있지 않다. 그분은 일용할 양식을 내려 주시며 악을 물리칠 힘을 주셨다. 악신의 군대를 막아 주고 계시기까지 하다. 지금 일어나는 모든 일이 그분의 기적과 연결되어 있다. 어디 과격한 변화가 일어나야만 기적인가. 일상에도 기적은 일어난다. 어려운 상황에서 불가능한 일이 해결되는 것도 기적이며, 뜻하지 않은 축복이 내려지는 것도 기적이다. 너희가 알아야 하는 한 가지는, 지금 일어나는 모든 일이 여신의 계획과 섭리 속에 이루어지고 있다는 점이다."

고조되는 분위기.

오늘 미사에 참여하기 전, 아론은 병사들에게 지시하여 소문을 퍼뜨리도록 했다.

[여신께서 신성 군주를 통해 놀라운 기적을 선보인다.]

아론의 설교도 기적에 대해 이야기하는 것이었으며, 곧 엄청난 일이 벌어질 것임을 직감했다.

"기적이란 믿음의 시작이다. 말뿐인 기적은 그 자체로 신빙성을 잃음이다. 여신께서는 우리의 기나긴 여정을 지켜 주시며, 어떤 어려움조차 극복할 수 있는 힘을 주셨다. 너희는 그로 인해 더 깊은 신앙과 희망을 이어 갈 수 있는 바."

"……."

분위기가 달아올랐다.

병사들은 연단 앞의 백성을 밀어내 공간을 만들었다.

"이 자리에 여신의 기적을 목도하리라."

아론은 인벤토리를 열었다.

[초심자 패키지를 개봉합니다.]
[하급 병사 300명을 획득합니다.]

"……!"

동시에.

강렬한 빛이 터지며 공터를 잠식했다.

'효과가 미쳤구나!'

아론은 병사를 찍어 내는 행위가 어마어마한 정치적 효

과를 만들어 낼 것임을 직감했다.

2D 게임에서 병력을 '생산'하는 것이 어떤 식으로 이루어질지 걱정이 많았는데, 그들은 마치 하늘에서 뚝 떨어진 것처럼 모습을 드러냈다.

공터에 병사 300명이 무장한 채로 나타났던 것이다.

이 광경을 지켜보고 있던 모든 사람이 경악했다.

"바, 발로아?"

"마이클!"

"죽은 사람이 살아 돌아왔다!"

"분명히 화장을 했었는데……?"

그야말로 광란의 도가니였다.

이런 효과를 만든 장본인인 아론조차 놀랄 지경이었으니, 다른 사람은 말할 것도 없었다.

상상을 초월하는 효과.

아론은 이제야 알고리즘을 이해했다.

'현실적으로 없던 사람을 만들어 내는 것은 어려운 일이다. 전사한 병사들을 되돌아오게 하는 것. 그게 바로 현실에서 병력을 찍어 내는 방법이다.'

전우들과 가족들이 상봉했다.

동시에 울음바다가 됐다.

"여신이여, 감사합니다!"

"어……. 나는 죽었는데?"

되레 죽은 자들이 어리둥절했다.

지금껏 아론은 다섯 차례나 되는 웨이브를 막아 냈다.

아예 스토리가 시작되기 전에 죽은 자들도 포함되어 있었으니 그 충격은 어마어마한 것이었다.

아론은 급하게 마이크를 잡았다.

"죽은 자의 부활은 그들이 이 땅에서 할 일이 있음을 암시한다. 여신의 계획에 반드시 필요하기에 되살아났음을 명심해야 할 것이다."

순식간에 물들어 가는 광기.

다들 눈빛이 살벌하게 변했다.

방금 베르칸 시에 도착한 후작령 백성들도 마찬가지였다.

되살아난 자들 중에서는 후작령에 속한 병사도 있었다.

기사급에서는 생존자가 없었지만 이걸 종교적인 장치로 포장하기에는 부족함이 없었다.

'소환령을 얻으면 죽은 기사도 부활시킬 수 있다.'

아론은 팔에 소름이 돋는 것을 느꼈다.

원래부터 광적인 믿음을 가지고 있던 자들조차 죽은 자의 부활은 기적 그 자체로 느껴졌다.

"와아아아아!"

"여신이여, 부활한 자들을 축복하소서!"

"신성 군주께 축복이 있으라!"

무릎을 꿇고 몸을 부들부들 떠는 자들이 속출했다.
충격을 받아 기절하는 사람들도 나왔다.
'부활'이라는 이벤트 앞에 광신도가 수도 없이 양산되었다.

[브라이언이 광신도가 되었습니다.]
[베이칼이 광신도가 되었습니다.]
[레오나가 광신도가 되었습니다.]
…….

수백 개에 이르는 메시지가 떴다.
일반인이 광신도로 전직(?)한 것이다.
광신도는 성기사나 사제, 이단심문관 등으로 전직할 가능성이 높았다.
여기저기서 성력이 깃든 모습이 나타나니, 분위기는 사이비 교단 그 자체가 됐다.
아론은 여기서 멈추지 않았다.
"조용. 미사를 드리는 중이다."
"……."
눈을 반짝이는 사람들.
아론이 슬쩍 제국 사신들을 바라봤다.
충격을 받긴 그들도 마찬가지였다.

이 믿을 수 없는 기적을 직접 목도하자 세상이 다르게 보이는 것이다.

하늘을 보면 신성 보호막이 이 땅을 지켜 주고 있다.

죽은 자들이 부활했으며 모두가 그걸 똑똑히 지켜봤다.

백성들 사이에서 성력을 지닌 자들이 속출하였으니, 여신의 존재를 도저히 부정할 수 없을 것이다.

단순히 존재의 여부를 떠나 여신이 신성 군주인 아론의 앞날을 비추고 있는 것처럼 보일 터였다.

"지금 영지에 식량이 부족한 것으로 안다. 세속에서 쓸모없는 재화를 제물로 바치면 여신께서 기적을 보이신다는 것을 모두 알고 있을 터."

고개를 끄덕이는 사람들.

아론이 가챠(?)를 돌리는 모습을 목격한 사람이 많았다.

그들이 아무리 새로운 백성들에게 설명해 봤자 믿지 않았다.

하지만 지금은,

"자애의 여신 베일리여, 많은 백성들이 식량으로 어려움에 처하였으니 그 기적의 권능을 베푸소서."

아론은 타이밍에 맞춰 소모품 상자를 구입했다.

어마어마하게 쌓여 있던 재화가 순식간에 증발했다.

쿠구구궁!

수없이 많은 소모품 상자가 쏟아졌다.

"와아아아!"

죽은 사람이 생환하는 것보다는 퍼포먼스가 떨어졌다.

환호성이 터지는 것은 두 가지 퍼포먼스가 시너지를 냈기 때문이다.

부활의 시점부터 여신의 믿음을 공고히 하였으며, 일용할 양식이 '창조' 되는 것도 당연한 현상이라 여겨졌다.

[신성 폭탄을 획득했습니다.]
[신성 폭탄을 획득했습니다.]

'나쁘지 않은데?'

소모품 상자를 열 때마다 식량이 가득 쌓여 있었다.

그 가운데는 포션이나 화살, 철괴 등이 포함된다.

신성 폭탄은 얼마나 많은지 겪어 봤으므로 상당한 이익이라 볼 수 있었다.

하나둘 소모품 상자를 개봉하며 퍼포먼스를 이어 가는 가운데, 기대도 하지 않던 물건이 등장했다.

[미스릴 주괴를 획득했습니다.]

"……!"

아론은 놀랐지만 최대한 표정을 억눌렀다.

그는 신의 사도를 연기하는 중이다.

그러니 지금 벌어지고 있는 일들을 당연하다는 듯 여기는 자세가 필요했다.

말도르 경이 미스릴 주괴를 가져왔다.

"주군! 여신께서 미스릴을 내려 주셨습니다."

"장인에게 가져가 기사들의 갑옷을 만들도록 해라."

"예!"

마지막으로, 병사들을 승급시켰다.

챕터 4를 넘기며 레벨 업을 한 병사가 많았다.

특히 후작령 병사들이 그랬다.

기사들 가운데에서도 승급한 자가 몇 명 되었으니, 시너지는 배로 증가했다.

"이제 축도한다."

웅성웅성.

광신도로 변한 자들이 아론의 얼굴을 가까이서 보기 위해 몰려왔다.

병사들은 그들을 밀어내느라 바빴다.

아론이 무릎을 꿇자 모든 백성이 함께 무릎을 꿇었다.

제국의 사신들, 불신자로 지정되어 감옥에 갇혀 있던 자들도 마찬가지였다.

악마 숭배자들은 목을 쳤지만 나머지 사람들은 개과천선했다.

죄인 가운데에서도 광신도가 나타났으니 그 효과가 상상을 초월했다.

여러 영지 백성들이 모이며 분열을 걱정했지만, 오늘의 퍼포먼스로 인해 봉합했다.

"기적을 주신 베일리여, 우리는 지금 악신의 공격에 여러 어려움과 불확실성에 살고 있나이다. 하지만 당신의 놀라운 기적으로 불가능한 일이 가능하게 되었습니다. 여신의 영광이 이 땅에 가득하게 하시며, 그 힘으로 적을 멸하소서."

미사가 끝났다.

자리에서 일어난 백성들은 각자의 일터로 돌아갔다.

"가자고! 게으름은 죄악 아니겠나!"

"갑시다!"

신앙 게이지가 있었다면 지금쯤 100%로 완충되었을 것이다.

아론은 축도를 마치고 일어났다.

"하……."

"고생하셨습니다!"

"고생하셨습니다, 주군!"

가신들도 아론에게 한마디씩 하고 임지로 복귀했다.

이토록 놀라운 여신의 기적을 목도하였으니, 가만히 앉아 있으면 벼락 맞아 죽을 것 같은 감정이 들었던 것이다.

"주군."
"마이어 경, 아직 안 갔나."
"진정…… 여신께서 실존하시는 겁니까?"
"직접 보지 않았나."
"허나……. 이건 주군의 능력 아닙니까?"
"아무리 나라도 어찌 죽은 사람을 되살리겠나?"
아론도 움직였다.
한고비를 넘겼지만 여전히 쉴 팔자가 아니었던 탓이다.

마이어 제렌스는 현장을 정리하며 생각에 잠겼다.
'대체 어떻게 된 일이지?'
아무리 이해해 보려 노력해도 이해가 되지 않았다.
여신이 실존하며 기적을 내려 준다고 해도, 군주의 의도대로 움직인다면 신이라 할 수 없다.
신이 인간의 말에 딱딱 맞춰 기적을 내린다?
이게 말이 되나 싶었다.
마이어 경을 포함해 몇몇을 제외하고는 광신에 빠졌다.
아론 오라클은 영지에서 일어나고 있는 모든 문제를 봉합했던 것이다.
이제 몇 개월은 문제가 없을 것이다.
'혹시……. 주군께서 신 자체인 것은?'
"……!"

생각이 거기까지 미치자 엄청난 충격이 마이어의 몸을 휘감았다.

왜 지금까지 그 생각을 하지 못했을까?

아론 오라클은 앞날을 모두 예측하고 있었다.

어떤 행동에도 망설임이 없었으며, 웬만한 일은 여신의 계시로 얼버무렸다.

세상에 어떤 여신이 그럴 수 있을까.

앞으로 일어날 모든 일을 계시하고 기적을 일으키며, 타이밍에 딱딱 맞춰 사람까지 부활시킨다?

성서에서 표현되고 있는 신은 결코 그렇지 않았다.

"신의 재림이라니. 나는 지금 어떤 세상에서 살고 있는 건가?"

베르칸 시청 집무실.

아론은 식사를 위해 집무실에 들렀다.

그 후, 간단하게 샌드위치로 배를 채우고 테라스로 나왔다.

'엄청난 성공이었다.'

상상 이상의 전개였다.

설마 죽은 자를 되살리는 방식으로 병사들이 나타나다니, 이보다 완벽할 수가 없었다.

사실 반쯤은 도박하는 심정이었다.

어떤 방식으로 병사들이 생길지 몰랐기에 실패해도 상관없다고 여긴 것이다.

그 도박은 성공했다.

부활의 과정을 5만이나 되는 사람들이 지켜봤던 것이다.

기적을 목격하고 체험하였기에 믿음이 없는 사람이라도 베일리 교단으로 직행하는 결과를 낳았다.

"잘된 일이긴 한데."

다들 몸을 사리지 않고 일하는 모습이 걱정됐다.

아론은 고개를 흔들었다.

백성들이 이토록 열심히 일하는 것은 약을 세게 맞아서 그렇다.

약효는 시간이 흐를수록 줄어들 것이 분명하다.

"주군, 부활자를 데려왔습니다."

레미나 경이었다.

그녀의 눈빛은 예전보다 한층 깊어졌다.

도대체 아론을 뭐라고 생각하는지 몰라도 사람을 잡아먹을 것 같았다.

"허험, 마크라고 했나."

"예, 영주님!"

하급 병사 마크.

오라클 영지의 신병이었으며, 얼마 전 전투에서 사망했다.

화장까지 했는데 부활했으니 전우나 가족들이 놀라서 기절할 뻔했다는 보고가 있었다.

"마크, 여신께서 뜻이 있어 너를 부활시켰다."

"정말 놀라운 경험을 했습니다. 분명히 죽었고 시야가 암전되었는데……."

"천국을 보고 왔나?"

"그건 아닙니다. 눈을 떠 보니 빛에 휩싸여 있었습니다. 그렇게 부활했죠."

'역시 천국 따위는 없군.'

이것 하나는 확신할 수 있었다.

죽으면 끝이다.

마크는 시스템에 의해 부활한 것이었다.

천국이라는 것이 있었다면 그곳에서 생활하다 내려왔어야 한다.

당연히 신성 군주는 그런 말을 입 밖으로 내뱉지 못했다.

"그대는 부활자다. 목숨은 덤이라고 생각해야 할 것이다."

"예! 기적을 체험하고 여신께서 은혜를 베푸셨으니 당연히 그럴 겁니다."

"열심히 노력해라. 부활자가 기사단에 입단하는 것만큼 영광스런 일도 없을 것이다."

"주군이라 부를 수 있는 날까지 노력하겠습니다!"

여신의 역사 155

부활한 병사는 눈을 빛내며 집무실을 나갔다.

아론이 마크를 부른 이유는 사후 세계의 존재를 규명하기 위해서였다.

결론은 천국과 지옥이 존재하지 않는다는 것.

그러니 앞으론 설교할 때 마음이 상당히 찔릴 것 같았다.

"주군, 이제 제국 사신들에 대한 처분도 생각하셔야 합니다."

"그들은 어쩌고 있나?"

"감옥에서 기도하고 있답니다."

"기도라……. 제대로 교육이 된 모양인데."

"여신의 역사를 눈앞에서 목도했음에도, 불신자가 되면 그게 더 이상한 일 아닐까요?"

"경의 말이 맞다."

사실 아까까지만 해도 반신반의했다.

제국 사신을 광신도로 만들 수 있을지 알 수 없었던 것이다.

하지만 지금은?

'스파이로 써먹을 수도 있겠는데.'

"데려와라. 이야기를 나눠 보겠다."

어둡고 음습한 지하 감옥.

아까와 다르게 고요한 적막이 흘렀다.

미사에 참여한 불신자들이 충격에 휩싸여 중얼거리는 소리만 간간이 들렸다.

락시도 자작도 마찬가지였다.

"도대체 내가 뭘 본 거지?"

충격에 이은 충격.

그와 함께하는 기사들 역시 멍한 표정으로 쇠창살만 응시할 뿐이었다.

문득 축축한 습기가 느껴지자 몸을 떨었다.

이것이 바닥에서 올라온 냉기 때문인지, 변화한 종교관 때문인지는 그도 알지 못했다.

"죽은 자의 생환. 무슨 증거가 더 필요할까."

그는 고민을 끝내기로 했다.

제국에도 베일리 교단이 있었다.

심지어 본 단이 위치해 있었으며, 국교로 지정할 정도였다.

그러나 제국의 교단은 부패했다.

교황은 공공연하게 사제의 직위를 거래하였으며, 부정하게 재물을 축재했다.

이름만 사제가 된 자들은 헌금을 횡령했으며, 처녀를 탐해 수많은 사생아를 낳았다.

교단에 대한 제국민들의 평판은 좋지 않았다.

"부패한 교단은 어찌 되었는가."

교단은 제국의 멸망과 함께 사라졌다.

정의를 구현해야 할 사제는 도주했고, 신전은 무너졌다.

그 모습을 본 제국의 귀족들은 이 세상에 신 따위는 존재하지 않는다고 생각했다.

'처음에는 사이비라 생각했지.'

아론 하이드 오라클 공작.

감히 신의 이름을 참칭한다고 여겼다.

이런 세상에서 살아남기 위해서는 인간의 권위가 아닌 신의 권위를 사용하는 것이 통치에 유리했기 때문이다.

'그는 진짜였다.'

여신의 기적을 행하는 자.

이 작은 시골 영지는 베일리의 가호를 받으며 엄청나게 팽창했다.

순식간에 성장해 주변국을 위협할 지경에 이른 것이다.

단순한 운이 아니다.

여신께서 보호하였으며, 오라클 공작을 통해 이 세상에 진정한 믿음을 전파하고 있었다.

이 상황에 가만히 있어야 하는가?

아니다.

여신의 뜻에 따라 인류를 재건하고 새로운 세상을 만드는데 주력해야 한다.

철컹.

그가 생각에 잠겨 있을 때 간수가 문을 열었다.

"석방입니다."

"공작님을 만나 뵐 것이다."

"따라오십시오."

그에게 내려진 사명.

그것이 무엇인지는 베일리의 사도가 알려 줄 터였다.

베르칸 시청 집무실.

아론은 사신들에게 찾아오라 명령하지 않았다.

단지 석방했을 뿐인데, 돌아가지 않고 찾아온 것이다.

'참교육이 제대로 됐군.'

눈빛만 봐도 알 수 있었다.

처음 만났을 때의 오만한 모습은 찾아볼 수 없었다.

깊게 가라앉은 눈동자와 사명감으로 가득한 얼굴.

'하긴, 그런 기적을 목도하고 가만히 있으면 그게 더 이상한 일이지.'

인간이 신을 믿지 않는 이유는 증거가 없기 때문이다.

신성력?

마법의 한 종류라 여길 수도 있었다.

하지만 시신까지 불태워진 상황에 사람이 생환했다는 사실은 신의 기적이 아니고는 설명할 수 없었다.

그것이 시스템의 간섭이라는 사실은 아론만 알고 있어도 충분했다.

쿵!

그들은 아론을 발견하자마자 무릎을 꿇었다.

"감히 베일리의 사도를 알아보지 못한 죄, 죽어 마땅합니다."

"경은 지금껏 기적을 목도한 적이 없었을 뿐이다. 눈에 보이지 않는 무형의 가치를 믿으라고 말하는 것만큼 어리석은 일이 있겠나."

"그렇다고 신이 존재하지 않는 것은 아니었습니다."

"인간은 원래부터 어리석은 존재야. 신께서는 그걸 깨달게 하셨을 뿐."

"사도시여, 여신의 뜻을 알고 싶습니다."

"……."

꽤 고차원적인 질문이었다.

아론에게는 해당되지 않았지만.

"악신이 날뛰고 인류가 쓸려 나가는 것은 두 번의 멸망과 관련이 있다. 귀족이라면 성서를 한 번 정도는 읽어 봤겠지."

"물론입니다."

"이번에도 마찬가지다. 두 번의 멸망은 인간의 이기심과, 신을 뛰어넘고자 하는 욕망에서 비롯되었다. 제국의 상황만 보아도 답이 나온다. 백성을 이끌어야 할 교단은 부패했고, 인간은 전쟁을 일삼았다. 심지어 신의 존재를 부정하기까지 했지. 인류가 살아남아야 할 가치가 있었겠나."

"……없었겠군요."

여신의 입장에서 살펴보면 답이 나온다.

어느 시대든 종교나 정치의 부패는 있었지만, 디펜스 워의 배경이 되는 세상에서는 그 상태가 좀 더 심각했다.

아론의 설명으로 락시도 자작은 신의 의도를 이해했다.

"제가 성지(聖地)를 방문한 것에는 어떤 사명이 있다고 생각합니다."

"그걸 깨달았나."

"감옥에 갇혀 있으면서 오만함을 회개했습니다. 바라옵건대 저희를 천국으로 인도하소서."

아론은 잠시 뜸을 들이다 입을 열었다.

"변경백령으로 넘어가 전쟁을 유도하라."

"예!?"

"동시에 몇 가지 혼란을 유도하는 정보를 변경백에게 심어라. 이 전쟁이 끝났을 때, 경들의 공을 참작해 기용할 것이다."

쿵!

락시도와 기사들은 바닥에 머리를 처박았다.

하지만 이마가 깨지도록 박지는 않았다.

이 행위는 기사도에 의한 것.

괜히 머리가 깨져 돌아가면 변경백이 의심할 수도 있었다.

"신성 군주의 명에 따릅니다!"

"어떤 정보를 흘리느냐면……."

아론이 지도를 가져와 그들에게 설명을 이어 갔다.

그러곤 설명하는 내내 미소가 지어졌다.

'이러면 좀 더 변경백령을 얻기가 쉬워지지.'

제국의 사신들이 돌아갔다.

그들은 임무를 반드시 수행하겠다는 각오를 다졌다.

전쟁을 빨리 일으켜 오라클 영지에 변경백령을 흡수시키겠다고 말했던 것이다.

지금껏 대기하고 있던 에리아 경이 조심스레 물었다.

"주군, 저들을 믿을 수 있겠습니까?"

"에리아 경, 여신의 말씀은 인간의 대의를 초월한다. 이만한 기적을 목도하고 거부할 수 있는 사람이 있겠나?"

"……없습니다."

"좋다. 다른 이야기를 하지. 경은 오늘의 기적을 어떻게 봤나."

"여신께서 역사하심을 알고 있었는데도 충격이었습니다. 설마 죽은 자들이 생환할 줄은 꿈에도 몰랐습니다."

"나도 처음 계시를 받았을 때는 깜짝 놀랐다."

"주군께서는 알고 계셨군요."

"그렇지 않고서야 그 자리에서 시연하지도 않았겠지."

"과연……."

에리아 경의 눈이 반짝였다.

그녀는 원래부터 상당한 믿음을 가지고 있었다.

그러다 아론을 만나면서 믿음이 더욱 깊어진 상태였다.

오늘에 이르러서는 광신도의 눈빛을 보았지만.

'나쁘지 않은 일이다. 기사가 광신도가 되었고, 좀 더 믿음을 키우면 특수 능력을 손에 넣을 수도 있겠지.'

"굳이 제국으로 인력을 파견할 필요는 없다."

"작전이 먹히는지는 확인해야지 않습니까?"

"바르다힌 변경백은 내 상대가 아니다. 이런 시도를 하는 것은 피해를 줄이기 위함이지. 그들이 배신한다는 가정은 생각할 수 없지만, 그렇다고 해도 문제없다. 그때는 그 나름대로의 대책을 세울 것이니."

"그럼 전쟁 준비를 해야겠습니다."

"일과가 끝나면 기사들을 모아라."

"예, 주군."

기적으로 인한 믿음에도 유통 기한이 있다.

지금은 다들 가슴이 벅차오른 상태로, 사기가 충만했다.

하지만 그러한 기적과 믿음도 시간이 흐르면 퇴색되기 마련이다.

아론이 전쟁을 서두르는 이유도 이 때문이었다.

그날 밤.

아론의 부름에 기사들이 회의실로 모였다.

이 자리에는 기존의 기사들도 있었지만 후작령에서 온 기사도 있었다.

바드론 레이올드 단장을 비롯한 후작령 출신 기사 셋이 매우 비장한 표정을 지은 채였다.

'분위기는 나쁘지 않다.'

죽은 자들까지 생환한 마당이었기에 신앙 문명을 더욱

강화해야 한다.

이제 다른 문명으로 나가는 것은 불가능할 지경이 되었다.

모든 일을 신의 뜻으로 포장한다.

"계시가 있으셨다."

"……!"

기사들이 눈을 반짝였다.

이 자리에는 신의 뜻이라면 웃으며 불구덩이로 들어갈 사람들이 앉아 있었다.

마이어 경이 힘주어 말했다.

"여신의 뜻이라면 마땅히 받들어야 할 줄로 아옵니다."

"마이어 경의 말이 맞습니다. 저희가 무엇을 해야 합니까?"

'마이어 경이? 그건 의외인데.'

그가 먼저 신을 운운할 줄은 몰랐다.

나름 마이어 경은 아론과 비슷한 사상을 가졌기에 말하기가 편했는데, 오늘 일을 계기로 변화가 있는 것 같았다.

나쁘다면 나쁘고, 좋다면 좋은 일일 터였다.

아론은 약간의 허전함을 느끼며 선언했다.

"바르다힌 변경백령을 편입한다."

"과연! 악으로 물든 제국을 정화하는 작업이군요!"

"명령만 내려 주십시오!"

"바드론 경."

"예, 주군!"

"라피언 영지군 출신 병사들은 어떤가. 그들은 신의 말씀을 이행할 준비가 되어 있나?"

"만전입니다. 오늘 사건으로 그 누구도 죽음을 두려워하지 않을 것입니다. 전장에서 죽는다고 한들, 사명이 있다면 부활할 수 있다는 믿음이 있기 때문입니다."

"잘됐군."

매우 바람직한 현상이었다.

광신적인 분위기가 휩쓰는 영지.

아론은 모든 사람들이 신에 대한 믿음으로 무장하고 있을 때, 최대한 무력을 투사해야 한다고 생각했다.

"오늘 300명의 병사가 생환했다. 식량도 당장은 넉넉하며, 영지의 총인구는 5만에 이르게 되었지. 병력을 4천까지 늘린다. 그리고 제국 동부 사령관과 전쟁을 준비할 것이야."

"여신의 말씀에 따릅니다!"

기사들의 패기가 넘쳐났다.

'병사들이 생환하는 광경을 백성들이 봤으니, 신병은 어렵지 않게 모집되겠지.'

하지만 아론의 생각은 틀렸다.

단순한 모집을 넘어 영지 전체가 엄청난 관심을 보였기 때문이다.

죽은 병사들의 생환은 영지에 엄청난 충격을 안겨 주었다.

무려 부활의 영역.

이는 언데드로 부활하는 것과는 차원이 달랐다.

신의 기적으로 돌아온 자들은 생전과 같은 모습을 하고 있었다.

그들 가운데 신성한 빛을 머금는 경우가 많았다.

누구도 신의 기적을 부정할 수 없게 되었다.

특히, 당사자들의 충격은 이루 말할 수가 없을 정도였다.

"내가 살아 있다니."

생환자들에게는 이틀의 휴가가 주어졌다.

가족을 만나 죽음의 딜레마에서 벗어나라는 것이다.

[여신의 군대 마이클 병사가 이곳에 잠들다.]

어제 하루 가족을 만나 편하게 보낸 마이클은 자신의 무덤 앞에 섰다.

공동묘지에는 그처럼 자신의 무덤을 보며 생각에 잠겨 있는 자들이 많았다.

신앙이 없었던 자들도 인생을 돌아보게 된다.

어째서 자신이 죽음에서 부활했는지도 생각했다.

그는 신성 군주의 설교를 떠올렸다.

[죽은 자의 부활은 그들이 이 땅에서 할 일이 있음을 암시한다. 여신의 계획에 반드시 필요하기에 되살아났음을 명심해야 할 것이다.]

"그래, 사명."
그게 아니고서는 설명이 되지 않았다.
누가 이 상황에 무릎을 꿇지 않을 수 있을까.
털썩.
마이클은 하늘을 바라보며 기도를 올렸다.
"여신님, 저는 배운 것이 없어 유식한 말은 하지 못합니다. 그저 당신의 뜻에 따라 돌아왔으니 계획대로 이 몸을 사용해 주소서."
번쩍!
그때였다.
마이클의 몸에서 광채가 흐르며 신성한 빛이 터졌다.
이런 현상은 마이클뿐만이 아니었다.
무덤 앞에서 기도하던 상당수의 생환 병사가 '각성'을 했던 것이다.

베르칸 시청 집무실.
아론은 자신이 저지른(?) 일의 결과가 무시무시하다는 것을 깨달았다.

'초심자 패키지'로 여신의 기적이 영지에 미쳤으니, 죄다 광기가 어려 날뛰는 것이다.

다행히 광기는 '사명'이라는 명목 아래 노동력이 됐다.

백성들은 뭐라도 하나 하지 않으면 안 된다고 소리쳤다.

건설 효율은 대략 1.5배 증가했으며, 광산에서 채굴되는 광석의 양도 50% 정도 늘었다고 한다.

정말 말도 안 되는 수치였다.

"신성력을 머금게 된 백성이 많아."

능력을 각성하지는 않았으나 몸 안에서 흐르는 신성력으로 육체 능력이 상승된 경우였다.

그런 자들은 죄다 병사로 지원했다.

남녀노소를 가리지 않았다.

아론의 시선이 광장으로 돌아갔다.

신전 앞에는 모병소가 설치되어 있었다.

오라클 영지군은 여신의 군단이라는 칭호를 내걸었기에, 여신상 앞에서 지원자들을 받고 있는 것이다.

모병소 앞은 각지에서 올라온 지원자로 북새통을 이뤘다.

책임자인 잭슨 경이 보고해 왔다.

"주군, 지원자가 1만을 넘어섰습니다."

"……1만?"

"예."

"선발 기준이 어찌 되나?"

"15세 이상, 40세 이하를 기준으로 잡고 있으므로 저들 중 7천 명 정도는 떨어질 것입니다."

영지민 상당수가 병사로 지원했다.

나이 제한을 비교적 넉넉하게 잡았음에도 7할이 떨어져 나갔다.

그만큼 청년층 인구가 절대적으로 부족하다는 뜻이다.

아론은 잠시나마 난이도가 낮아진 것은 아닌지 착각하다 정신을 차렸다.

'디펜스 워의 세상이 만만할 리가 없지.'

"예정대로 병력은 4천에 맞춘다."

"예, 주군!"

영지의 인구가 현재 5만.

쥐어짜면 5천 정도는 나올 것이다.

소년병과 노병, 여성까지 닥치는 대로 징집하면 그 이상 가능할지도 모른다.

하지만 그래서는 안 된다.

'미래를 생각해야지.'

아론은 디펜스 워가 경영과 결합된 게임이라는 사실을 알고 있었다.

전투에서 분전하는 것보다 준비 과정이 더 중요했다.

그러니 자제한다.

"변경백과의 전투에서 쉽게 승리하려면 중갑 기병이 더 필요한데."

중세 전쟁의 꽃.

엄청난 유지비가 문제일 뿐이지 운용만 된다면 돈값은 톡톡히 했다.

이번 전쟁에도 중갑 기병을 어떻게 운용하느냐에 따라 사상자 비율이 달라질 것이다.

아론이 생각에 잠겨 있을 때였다.

[영지에 성기사가 출현했습니다!]
[영지에 성기사가 출현했습니다!]
……
[영지에 성기사가 출현했습니다!]

"……!"

눈이 번쩍 떠졌다.

수많은 성기사의 출현.

300명이나 되는 병사들이 생환했기에 영지에 뭔가 큰 변화가 있으리라 예상은 했다.

그래도 이 정도의 성기사가 출현하다니.

'대박인데?'

성기사단 30명.

기사단 숫자도 30명을 채우지 못한 가운데 성기사들의 출현은 가슴을 벅차오르게 했다.

성기사로 전직하면 특수 능력을 하나씩 얻는다.

말도르 경은 '정화'를, 잭슨 경은 '치유'를 얻었다.

지금까지 전투에서 그들이 얼마나 도움이 되었는지는 말할 것도 없다.

아론은 성기사들을 추적해 광장 한복판에 모이게 했다.

이 역시 퍼포먼스가 되기에 충분했기 때문이다.

'물 들어올 때 노 젓는다.'

자극에 익숙해진 백성들이다.

그럼에도 연료는 지속적으로 필요했다.

연료를 넣는 주기가 좀 짧다는 생각은 들였지만, 이 좋은 기회를 놓칠 수는 없다.

모병소 앞.

온몸에서 광채가 흐르는 성기사들을 모으자 말 그대로 신의 군단을 보는 듯했다.

아론이 신성한 오라까지 켜고 있자 여신이 함께하고 있음을 실시간으로 느낄 수 있었다.

"성기사가 된 것을 축하한다."

"오오!"

웅성웅성.

"성기사가 떼로 출현한 건가?"
"다들 생환한 병사들 아닌가. 사명을 부여받은 것이지."
"아……. 사명! 나도 사명을 부여받고 싶다."
"어허, 영주님 말씀 못 들었나? 맡은 임무에 충실히 하는 것이 사명이라 하셨네. 여신께서는 노력을 보시는 거지 직업에 따라 보상을 차등하는 분이 아니야."
"……."
'백성들의 수준이 이렇게 높았나?'
전에 보았던 무지렁이들이 맞나 싶었다.
이것이 바로 신앙 문명의 강점이었다.
이 시대 문맹률은 99%에 이르는 극단적인 구조를 가지고 있었다.
우민화 정책이 통치에 편리하기 때문이었는데, 이는 인재를 배출할 수 없는 치명적인 단점을 만들었다.
신앙 문명을 선택하고 교육을 막지 않으면 백성들이 알아서 성서를 읽기 위해 문자를 배운다.
모든 지식은 문자에서 출발한다.
교육을 받은 사람은 충분히 똑똑하기에 백성의 수준이 높아지고 있는 것이다.
"허험."
아론이 헛기침을 하자 주변이 조용해졌다.
"너희는 특별한 은총을 받아 성기사가 되었다. 허나 그

것이 편안하게 천국의 상급을 받을 수 있다는 뜻은 아니다. 병사일 때보다 더욱 노력해 목표를 달성하도록."

"명에 따릅니다!"

한쪽 무릎을 꿇으며 외치는 성기사들.

기세 하나는 탁월했다.

그들에게는 따로 연무장이 내려졌다.

성기사로 각성한 만큼 일반 병사들과 똑같이 다룰 수는 없었기 때문이다.

한 가지 다행스러운 점은 이들이 정예 병사들이었던 만큼, 처음부터 교육할 필요는 없다는 것이다.

그들이 열을 맞춰 성기사단 전용 숙소로 향했다.

아론은 성기사 단장 말도르 경을 호출했다.

"찾으셨습니까, 주군!"

전보다 절도 있는 동작을 취하는 말도르 카브란.

병사들의 생환에 충격을 받은 것은 신앙심 깊은 자들도 마찬가지였다.

"저들이 성기사로 각성하긴 했으나 실력은 그에 미치지 못한다."

"물론입니다."

"훌륭한 기사로 키워 낼 수 있겠나?"

"지옥 같은 훈련을 해야겠지요."

"부탁한다."

"맡겨만 주십시오!"

말도르 경은 의지를 활활 불태웠다.

병사를 기사로 만든다는 것은 매우 어려운 일이지만, 성기사는 달랐다.

그들은 신성을 몸에 입고 있었기에 체력이 남달랐다.

쉽게 지치지 않는다는 뜻이었으며, 서른 명의 성기사가 각기 다른 능력을 보유했으므로 버프를 통해서도 육체가 강화될 것이다.

즉, 어마어마한 훈련도 견뎌 낼 수 있다는 뜻이다.

말도르는 지옥이 뭔지 보여 주겠다며 성기사들의 뒤를 쫓았다.

"신참 성기사들, 욕 좀 먹겠는데?"

공방 앞.

아론은 여기까지 오는 동안 얼굴이 따끔거리는 것을 느꼈다.

원래부터 그의 인기는 하늘을 치솟고 있었는데, 이번 일로 하늘을 찢어 버린 수준이 되었다.

"신성 군주를 뵙습니다!"

"사도를 뵙습니다!"

하나같이 무릎을 꿇으며 경배하는 백성 때문에 이동이 힘들 지경이었다.

'익숙해져야겠지.'

"주군! 찾으셨습니까?"

제레미 아이언이 공방에서 기다리고 있었다.

그는 라파논 왕국 왕실 기사단장 출신으로, 실력 하나 만큼은 누구나 인정하고 있었다.

독실한 신앙을 가진 것으로 보이며, 이번 일을 계기로 더욱 신앙심이 깊어졌다.

사실 이건 누구나 마찬가지였다.

아론이 벌이고 있는 일들은 누구라도 홀려 광신에 빠질 정도였다.

부담스러울 정도의 경외였다.

남녀노소를 불문하고 아론을 선지자로 생각했다.

"다음 전투는 배교자 바르다힌 변경백을 처단하는 일이다."

"제게 맡기실 일이 있다면 허드렛일이라도 하겠습니다!"

"허드렛일이라니? 능력 있는 자는 그에 걸맞은 배치가 필요하지."

아론은 제레미 경과 함께 공방을 거닐었다.

베르칸 시의 공방은 상당한 규모를 자랑했다.

세상이 마물로 멸망해 가며, 다른 기반 역시 무너져 가고 있었지만 공방만큼은 아니다.

오히려 평화로운 시절보다 장인을 우대하고 육성하는 것

이다.
 모든 전쟁이 그렇겠지만, 중세의 전쟁은 특히나 날붙이가 중요했다.
 그걸 다루는 직업이 대장장이였기에 규모는 더욱 커졌다.
 공방거리에만 열 개가 넘는 대장간이 있었다.
 곳곳에서 뜨거운 열기가 뿜어졌으며, 대장장이들은 밤낮없이 망치를 두들겼다.
 아론은 자신을 발견하고 튀어나오려는 대장장이들을 막으며 말했다.
 "바르다힌 변경백과의 결정에서 가장 활약할 병종이 바로 중갑 기병이다."
 "숫자를 늘려야 한다는 뜻이군요."
 "맞다. 변경백은 최소한 3천의 병력을 몰고 올 것이야. 그 병력을 가로지르려면 최소한 300기는 필요하다."
 "흠."
 제레미 경은 영지의 상황을 대충 알고 있었다.
 기사라고 무력에만 신경 쓰는 것은 아니었다.
 지금도 행정관이 부족해 기사들이 종종 끌려와 사무를 보는 경우가 많았기에 자연스럽게 영지 내부를 파악할 수 있었다.
 "200기나 되는 중갑 기병을 양성하기 위해서는 어마어마한 물자가 필요할 것입니다."

"이미 제작에 들어간 지 좀 됐다."

"그, 그렇습니까?"

"예상보다 광산에서 생산되는 철광석의 양이 많거든."

아론은 '광신'의 효과를 톡톡히 누리고 있었다.

광산에 처박혀 일하는 자들은 노예 비슷한 처지였지만 똑같이 기적을 목도하였다.

그 자리에 무릎 꿇고 회개하는 자들이 부지기수였다고 한다.

정신을 차린 노동자들 중에서는 광신도로 각성한 자들이 많아 쉬지 않고 일했다.

철광석 생산량이 50%나 증가한 데다 후작 가문 병사들이 전사하며 남긴 무구도 많았다.

무려 천 점이 넘어가는 무구를 회수해 녹이거나 재활용했으니, 중갑 기병 200기를 더 만드는 정도는 어렵지 않았던 것이다.

"과연, 전투마도 문제가 없겠군요."

"이미 군마가 있다."

전리품 획득이 이래서 중요했다.

망아지를 전투마로 키워 내는 과정이나 시간은 꽤 지난하지만, 이미 만들어진 자원을 가져오는 것은 어렵지 않았다.

수백 필의 말을 노획했고, 구 라피언 후작령에서 가져온 말도 많았다.

그중에서도 체격이 좋은 준마를 추려 놨다.

제레미 경은 아론과 대화를 나누며 무슨 보직을 받게 될지 짐작했다.

"제가 기병대장이 되는 것입니까?"

"기병대장은 필요에 따라 기사들이 돌아가며 이끌겠지. 경의 임무는 당장 며칠 만에 쓸 만한 중갑 기병을 만들어 내는 일이다."

"그건…… 불가능할 겁니다."

제레미 경은 고개를 저었다.

광신이 정신을 지배하고 있는 지금조차 불가능하다고 말하면, 정말로 어려운 일이 맞다.

하지만 아론에게는 중갑 기병이 반드시 필요했다.

"원래부터 기병이었던 자들이 있다. 출신을 불문하고 추려 중갑 기병으로 추가하면 된다."

"허, 여러 출신이 섞인 것이 이런 장점이 있었군요."

발상의 전환이었다.

수많은 군대가 섞인 만큼 기병 출신이 꽤 있었다.

그들 중 선발을 거쳐 중갑 기병으로 만들면 처음부터 훈련할 필요가 없는 것이다.

이는 멸망해 가는 세상에서 유일한 장점이라 할 만하다.

"할 수 있겠나?"

"단순히 합을 맞추는 수준이면 며칠로 충분합니다. 다만, 마갑과 중갑이 완성돼야 하는데……."

"걱정할 필요 없다."

아론은 공방 중심에 이르렀다.

다른 대장간에 비해 유난히 큰 건물을 가진 이곳이 바로 공방 책임자 컬크가 운영하는 대장간이었다.

땅딸막한 키에 긴 수염.

드워프는 아니었지만, 선조 중에 그 피가 섞였다는 '설정'의 남자다.

당연히 컬크의 눈에도 광적인 믿음이 어려 있었다.

"어서 오십시오, 영주님!"

"컬크 공방장, 중갑과 마갑은 완성됐나?"

"마무리 작업 중입니다!"

"……!"

그 말을 들은 제레미 경의 눈동자가 흔들렸다.

말도 안 되는 속도였기 때문이다.

컬크 대장간 창고.

이곳에는 각 공방에서 생산된 마갑과 중갑이 가지런히 정리되어 있었다.

무려 100벌.

상상을 초월한 속도에 제레미 경은 의문을 가질 수밖에 없었다.

"공방장, 아무리 밤낮으로 대장간을 가동해도 이토록 빠르게 생산됐다는 것은 믿을 수가 없네. 꼼꼼하게 만들었나?"

"허허허, 불량은 걱정하지 않아도 됩니다."

"어찌하여?"

"중갑은 기존의 장비를 재활용한 것이고, 마갑만 따로

생산했기 때문이지요."

"그랬군."

그래도 빠른 것은 맞다.

아론조차 놀랄 정도였으니 제레미 경은 말할 것도 없었다.

컬크가 부연 설명을 했다.

"천 벌이 넘어가는 무구가 입고됐습니다. 피에 절어 있는 경우가 많았지만, 크게 망가지지 않아 재활용이 가능했습니다."

"뱀파이어들이 주로 목이나 관절 부위를 물어뜯었기 때문이겠군?"

"맞습니다."

라피언 가문에서 종군하다 죽은 건 안타깝지만, 그들은 유산을 남겼다.

사망자 대부분이 뱀파이어와의 전투에서 사망했기에 무구의 상태가 깨끗했던 것이다.

"갑옷에 뱀파이어의 피가 묻은 것은 어찌 해결했나?"

"성수를 먹여 저주를 풀었습니다."

"그랬군. 성수가 있었어."

모든 의문이 풀렸다.

대장장이들은 무구의 원형에 철갑을 둘렀다.

처음부터 제작하는 것만큼 완벽하진 않아도 급하게 사용

할 수 있을 정도는 되었다.

마갑은 꽤 튼튼했다.

처음부터 제작했기 때문이다.

"오늘 저녁쯤이면 전부 제작이 끝납니다."

"수고했다."

"아닙니다. 저희 대장장이들이 천국에서 많은 상급을 받으려면 열심히 망치를 두들기는 수밖에 없지요."

"그것도 재능이다. 맡은 바 임무에 충실하면 충분한 상급을 받을 수 있다."

"명심하겠습니다!"

컬크의 눈이 빛났다.

아론이 항상 강조했던 말이 바로 천국의 상급이었다.

모두에게는 맡은 일이 있고, 그 안에서 얼마나 노력하느냐에 따라 상급의 양이 결정된다.

전부 세뇌를 당한 덕분에 교단에서도 아론의 말은 정론이 됐다.

이것이야말로 영지민들이 미친 듯이 일하는 원동력이었다.

"제레미 경, 바로 인원을 소집하고 중갑 기병을 만드는 데 집중하라."

"당장 시작하겠사옵니다."

제레미 경은 기병을 소집하기 위해 공방을 빠져나갔다.

아론은 대장간 곳곳을 들러 위문했다.

겨울이 다가오고 있음에도 후끈한 열기가 곳곳에서 피어올랐다.

그는 공방거리를 걸으며 생각했다.

'변경백을 격파하면 인구 10만을 갖춘다.'

이만하면 대단히 빠른 발전이었다.

멸망해 가는 세계관에서는 국가급 규모에 달한다고 감히 말할 수 있었다.

다음 일정을 향해 가던 아론은 반투명한 지도에 느낌표가 찍히는 것을 보았다.

난민 구조 퀘스트야 항상 뜨는 것이지만 이번에는 달랐다.

느낌표가 황금색이었기 때문이다.

"드디어 펫 시스템이 열렸나?"

가슴이 벅차올랐다.

지금도 백성들은 한 몸처럼 움직이며 발전을 주도하고 있었다.

영주가 할 일은 신앙이 더욱 발전하도록 장작을 넣는 것.

'천사 펫'은 충분한 장작이 되어 줄 것이다.

바르다힌 변경백령.

원래부터 어마어마한 영토를 가졌던 그레이븐 제국이다.

악신의 침공으로 제국이 멸망하고 인구가 지속적으로 줄

어 가고 있었지만, 여전히 많은 인구와 영토를 보유하고 있었다.

바르다힌 변경백령도 마찬가지다.

인구 5만에 병력 4천.

전성기에 비하면 형편없이 쪼그라들었지만 제국 동부권에서는 대적할 자가 없는 것이 사실이었다.

'주군께 이 영지를 바쳐야 한다.'

영주성 앞에서 락시도 자작은 다짐했다.

그의 머릿속에는 아직도 죽은 자가 생환하는 장면이 똑똑히 남아 있었다.

당시의 상황은 결코 위장이 아니다.

죽은 병사들이 생환하자 그 전우와 가족들이 달려들며 울음바다가 됐다.

자신의 묘지 앞에서 충격을 받은 채 앉아 있는 자들도 많이 봤다.

여신이 오라클 영지를 보호하고 있는 증거는 매우 뚜렷했다.

기적을 목도하고 무신론자였던 락시도 자작이 신앙심 깊은 신자가 되는 것은 시간문제였다.

그는 복귀하기 전에 두 가지 특명을 받았다.

하나는 전쟁을 앞당기는 것, 또 하나는 거짓 정보를 심는 것이다.

실감 나는 연기를 펼치기 위해 사신단은 거지꼴이나 다름없었다.

씻지도 않고 변경백을 만나려 하는 것은 그를 좀 더 쉽게 속이기 위해서였다.

"자작! 이야기를 들었네! 고초가 심했다고."

"송구하옵니다."

"무사히 돌아왔으면 됐지. 무슨 일이 있었는지 자세히 말해 줄 수 있겠나?"

"후……. 그것이."

락시도 자작은 조금 과장되게 이야기를 해 나갔다.

온갖 욕이란 욕은 다 얻어먹은 것으로 모자라 감옥에 갇혀 구타를 당했다고.

은근히 거짓 정보도 심었다.

"가능하면 빠르게 쳐야 합니다. 공작 위를 승계한 놈은 주변 영지를 통합하기 위해 준비하고 있습니다. 이미 몇 개 영지에서 통합될 의사를 표시했다고 합니다."

"그게 정말인가? 이 시대에 작위가 먹히던가."

"작위는 명분일 뿐이고, 제국을 치기 위한 군대를 모으는 것입니다. 제국 동부를 찢어 먹을 작정인 것 같습니다."

"이런 오만한!"

변경백은 자신이 오라클 영지를 집어삼킬 계획을 짰다는 사실은 망각한 것인지 오직 아론 오라클만 질타했다.

주군이 모욕당하고 있는 상황이었지만, 락시도 자작은 최대한 의연하게 행동했다.

"그들은 이미 전쟁에 대비하고 있었습니다. 여러 지역에 함정을 설치하는 것으로 보입니다. 뇌물을 사용해 적 기사를 매수하여 알아냈죠."

"역시 자네로군. 함정이 설치된 지역이 어딘가?"

"자세하게는 모르겠으나 치명적인 함정은······."

락시도 자작은 열심히 약을 팔았다.

너무 명확한 정보는 의심을 살 수 있었기에 정확하지 않다는 말을 되풀이했다.

그럼에도 변경백은 락시도 자작을 믿는 눈치였다.

제국 사신을 가두고 구타했다는 대목부터 눈이 돌아간 것이다.

"마지막으로, 아론 오라클이 각하께 전하는 메시지가 있습니다."

"메시지?"

"그런데 그게 좀······."

"들은 그대로 말하게."

"실례하겠습니다. 공작은 각하께 '악마에게 뒤를 공양하고 개처럼 살아남은 새끼가 감히 신의 군대를 욕보이려 한다니, 저주를 받아 죽을 것'이라고 말했습니다."

"······!"

변경백의 얼굴이 기괴하게 뒤틀렸다.

귀족으로 태어나 생전 처음 듣는 쌍욕이었기 때문이다.

"아, 악마에게 뒤를 공양해? 설마 뒤라는 말이 내가 생각하는 그 부위가 맞나?"

"……저속한 입에서 나온 말이니 신경 쓰지 마십시오."

"이 개새끼가!"

상상 이상으로 변경백은 거칠게 반응했다.

예전 같았으면 국가 간의 전쟁으로 번질 수도 있을 만큼 엄청난 욕이었다.

실제로 그런 욕을 해 대는 미친 외교관이 없었을 뿐이지.

"각하, 진정을……."

"당장 군대를 소집한다! 어차피 속전속결하려 했다. 경이 고급 정보를 물어왔으니 최대한 빠르게 치는 것이 현명한 선택일 것이야."

락시도 자작은 혀를 내둘렀다.

성기사(?) 말도르 경에게 전해 들은 욕이 엄청난 효과를 발휘하고 있었기 때문이다.

'안 통하면 거시기를 잘라 돼지에게 먹인다 말하려 했는데, 거기까진 안 해도 되겠군.'

아론은 북쪽으로 올라갈 준비를 했다.

여러 게임에서 단골로 등장하는 펫 시스템.

원래는 시작부터 주는 경우가 많았지만, 디펜스 워에서는 초반을 벗어났다는 상징으로 사용된다.

펫을 얻음으로 인해 진정한 의미의 튜토리얼이 끝나는 것이다.

여기서 한 가지 위안이 되는 것은,

'쉬는 타임 정도로 생각해도 된다는 거지.'

정신없이 달려온 나날이다.

디펜스는 물론, 내정을 다스리느라 야밤에 지쳐 잠드는 경우가 허다했다.

이런 상황에서 휴가?

기본적으로 휴일조차 없는 사회다.

영지민을 실컷 부려 놓고 신성 군주라는 작자가 편하게 쉬고 있으면 전혀 그림이 나오지 않는다.

항상 타의 모범을 보이는 '척'을 해야 했기에 쉴 새 없이 달려왔다.

그리고 오늘, 시스템이 아론에게 휴가를 주었다.

"찾으셨습니까, 주군!"

부름을 받은 칼슨 경이 달려왔다.

모든 기사들이 마찬가지겠지만, 칼슨 경의 눈에서도 광선이 나올 것 같았다.

순간적으로 여기사 레미나 경을 데려갈까도 싶었지만 그만두었다.

그녀는 행정관이다.

한가롭게 아론을 따라다닐 시간조차 없었다.

"본령 북쪽으로 갈 것이다."

"예? 그곳은 왜……?"

"여신의 계시다."

"바로 준비하겠습니다! 병력은 어떻게 할까요?"

"정예로 백 명만 준비해라."

"옙!"

칼슨 경은 여신의 계시라는 말에 묻지도 따지지도 않았다.

오라클 영지에서 여신의 계시는 만능 치트 키로 통한다.

엄청난 기적을 목도한 이상, 아론의 말에 태클을 건다는 건 있을 수 없는 것이다.

여신의 권위는 곧 아론의 권위.

디펜스 워의 세상에서 사는 것은 고난의 연속이었지만 이런 점 하나는 편했다.

다른 문명을 선택했다면 지금쯤 어떻게 되었을지, 상상만 해도 끔찍하다.

"주군."

아론이 시청으로 향하는 중, 에리아 경과 마주했다.

"무슨 일인가."

"락시도 경에게 전서구가 도착했습니다."

"빠르군."

락시도 프라임.

제국 사신으로 왔다가 기적을 목도하고 충성을 맹세한 귀족이다.

그에게 특명을 내려놓았는데 일이 잘 풀린 모양이다.

[준비에 일주일, 도착까지 10일입니다. 계획한 정보는 잘 먹혔습니다.]

한 줄이 조금 넘어가는 내용이었지만, 변경백령에서 무슨 일이 벌어졌는지 충분히 짐작할 수 있었다.

"변경백이 곧바로 전쟁을 결심하고 군을 모은다고 한다."

"계획대로 되고 있군요."

"그사이에 우리도 모든 준비를 마쳐야 한다."

"함정을 준비할까요?"

아론은 고개를 끄덕였다.

사실 지금 상태로 붙어도 패배하지 않을 자신이 있었다.

압도적으로 이긴다고 보기는 힘들어도 반드시 승리할 것이다.

바르다힌 변경백은 스토리 초반에 나오는 대표적인 호구(?) 귀족.

다음 챕터를 넘기기 위해서는 반드시 전쟁을 벌이고 군대와 영지를 흡수해야 하는 것이다.

항상 해 오던 일이었지만 이번에는 결이 좀 달랐다.

'락시도 자작이 충성을 맹세했지.'

이 사건은 꽤 큰 결과를 만들어 낼 것이다.

적에게 첩자를 박아 두는 것과 아닌 것의 차이는 크다.

그 첩자를 적 우두머리가 신뢰하며 함정에 빠뜨릴 수 있다면 이기지 못하는 것이 바보였다.

아론은 여기서 한발 더 나가고자 했다.

락시도 자작을 이용한 함정으로 압도적인 승리를 원한다.

아군의 전력은 대부분 보존될 것이며, 별 피해 없이 바르다힌 변경백령을 흡수하는 것이다.

"미란다 협곡에서 적을 맞을 준비를 하겠습니다."

"가능한 한 모든 자원을 이용해 철저히 적을 무너뜨려야 한다. 압도적으로 쓸어버리면 오히려 적의 피해가 적어질 수 있다."

"최대한 변경백의 군대를 흡수하는 것이 목적이군요."

"맞다."

변경백의 군대는 총 4천.

1천은 방어군으로 남아 있을 테고, 나머지 3천으로 진군한다.

그중 반 정도만 흡수해도 아론은 변경백의 병사 2,500명을 손에 쥘 수 있다.

영지에 남은 병력은 아론이 승리하면 알아서 복속된다.

"총 병력이 6,500명으로 늘어날 것이다. 인구 역시 10만을 찍겠지."

"머지않아 병력 1만을 운용할 수도 있겠습니다."

아론은 고개를 끄덕였다.

총 병력 1만.

이 시대에 그 정도 병력을 운용하는 제후는 극히 드물다.

왕국을 건설할 수 있는 최소한의 숫자에 도달하는 것이다.

오라클 영지 본령.

오라클 가문이 발원한 땅이며, 불과 얼마 전까지만 해도 산간벽지의 시골로 취급되었다.

현재에 이르러서는 왕국 북부와 중부 일부는 물론, 제국 동부까지 위협하면서 어마어마한 세력으로 성장했다.

오랜만에 찾은 본령은 환골탈태한 모습이었다.

잘 정비된 도로와 수로, 바둑판 형식으로 깔린 농지까지.

장족의 발전이 따로 없었다.

성벽이 눈에 들어오자 아론과 칼슨은 물론, 병사들마저 탄성을 토했다.

"매우 튼튼해 보입니다. 높이 증축되기도 했고요."

"노동력의 결과물이다."

"그도 그렇지만, 레냐 아가씨의 발명품이 큰 역할을 한 것 같습니다."

"그건 부정할 수 없지."

아론의 여동생 레냐 오라클은 영지의 보물이었다.

마법이면 마법, 발명이면 발명, 농업과 행정까지.

다방면에서 큰 역할을 하고 있었다.

여전히 키가 크지 않고 있는 것이 문제였지만.

'성장이 느린 것은 시스템 설정이니 어쩔 수 없지.'

성문 앞.

카일 경이 병사 몇을 이끌고 달려왔다.

"주군! 말씀도 없이 어인 행차십니까?"

"나 대신 고생이 많다."

"별말씀을 다 하십니다. 주군의 가신으로 당연히 해야 할 일이지요."

카일 경은 아론과 말을 나란히 했다.

슬쩍 그의 얼굴을 보니 눈가에 파란 멍이 들어왔다.

"부인에게 또 맞았나?"

"허허허, 그게 무슨 말씀입니까? 계단에서 넘어졌습니다."

"경은 계단을 구르는 취미가 있는 모양이군."

"허험, 이번에는 정말입니다."

"하······. 영감님도 어지간히 하세요. 그 나이 먹고 부인에게 맞기나 하고."

"너는 닥쳐라! 총각 놈이 뭘 안다고."

아론은 혀를 찼다.

카일 제러든은 태생이 이런 캐릭터로 태어났다.

대머리가 정력이 강하다는 편견 때문에 나온 설정 같았는데, 이건 게임이 끝날 때까지 고쳐지지 않는다.

"카일 경, 본령은 경이 잘 통치하고 있으니 안심하고 있다. 우리는 대수림으로 갈 것이야."

"대수림이요?"

"여신의 뜻으로 간다."

"아! 그렇군요."

카일 경도 아론의 행차에는 별다른 이견을 달지 않았다.

다른 영지의 가신 같았으면 위험하다고 만류했겠지만, 여신의 뜻이라는 치트 키면 만사형통이다.

일행은 본령에 접어들었다.

도시 내부도 바깥에서 봤던 것과 크게 다르지 않았다.

잘 깔려 있는 도로와 구획까지.

천지개벽이 따로 없다.

한 가지 특이한 사실은 새로 지어지는 건물에 콘크리트를 사용했다는 점이다.

"회반죽?"

"그렇지 않아도 보고 드리려 했습니다. 지금껏 회반죽은 생산량이 적어 도로나 수로, 성벽 건설에만 사용됐는데, 이제 그러지 않아도 됩니다."

"어째서?"

"대수림 끝자락에서 화산을 발견했거든요. 석회 광산도 있으니 훌륭한 건축 재료가 될 겁니다."

"허!"

아론은 깜짝 놀랐다.

대수림 화산?

그 역시 몇 번 정도는 게임을 하며 화산의 도움을 받았다.

문제는 화산의 출현 확률이 높지 않다는 점이다.

디펜스 워를 다회 차 플레이하다 보면 확률적으로 나타났는데, 대략 10% 정도라고 보면 된다.

현실에서 폭발하지 않는 화산이 나타났으니, 그 쓸모는 무궁무진하다 할 것이다.

'묘하게 운이 좋다. 그렇다고 방심할 정도는 아니지만 클리어 가능성이 높아지는 것이 사실이지.'

아론은 감탄했다.

로마 콘크리트에서 빠지지 않는 재료가 바로 화산재다.

현대의 콘크리트 수명이 50~100년 정도라고 치면 로마 콘크리트의 수명은 2,000년 이상이었다.

그만큼 뛰어난 건축 재료였으며, 현대에도 굳건하게 버티고 있는 유적이 즐비했다.
 초반 강도가 현대의 것보다 낮은 것이 흠이었지만 로마 콘크리트를 흉내 내어 건축에 사용할 수 있다는 자체가 치트 키였다.
 "그래서 영주님께 인력 충원을 부탁드리려 했지요."
 "대수림을 관통하는 도로를 깔고 병력을 요청하려 했나."
 "정확하십니다."
 "좋은 생각이지만 당장은 무리다."
 "어째서 말입니까?"
 "곧 전쟁이거든. 작전에 성공하여 10일 후면 제국 변경백이 쳐들어올 거야."
 "호오, 잘 됐군요?"
 카일 경은 눈을 반짝였다.
 그가 전쟁광이라서 그런 것이 아니라 전쟁은 훌륭한 노동력을 얻을 수 있는 수단이었기 때문이다.
 "보름만 기다려라. 화산과 석회 광산을 개발하고도 남을 인력을 충원하지."

 본령을 빠져나온 아론은 북쪽으로 천천히 이동했다.
 대수림 입구.

영지와 가까운 쪽은 어느 정도 벌목이 진행되어 있었다.

하늘에는 신성 보호막이 빛과 부딪쳐 산란했다.

보호막은 본령에서부터 시작됐고, 사방으로 확장된 모습이다.

지금쯤이면 대수림 전역을 커버하고도 남는 넓이다.

북쪽에서 내려오는 몬스터를 막기 위해 마이어 경이 여기저기 뛰어다니며 토벌했기에 대수림 남부의 안전은 상당히 보장되었다고 볼 수 있었다.

벌목을 하려면 기지가 있어야 한다.

전문가가 나서서 벌목하고 다듬어 상품화해야 하는 것이다.

그 때문에 건설된 전진 기지가 바로 벌목꾼 마을이다.

아론은 여기까지 올라온 김에 마을을 위문했다.

"오오! 신성 군주를 뵙습니다!"

인부들이 하던 일을 멈추고 무릎을 꿇었다.

아론이 처음 게임 속 세상에 도착했을 때도 백성들은 무릎을 꿇었지만, 그때에는 어쩔 수 없이 예의를 차린다고 보는 편이 맞다.

지금은 사람들의 눈에 경외가 깃들어 있었다.

'약을 세게 맞았군.'

죽은 병사들이 생환해 일부는 신성의 권능을 입었다는 소식이 퍼졌을 것이다.

마이어 경은 입이 무거운 사람이었지만, 그 휘하 병사들까지 그러리라는 법은 없다.

"촌장의 이름이 무엇인가?"

"이 보잘것없는 촌부의 이름은 라무드라고 하옵니다."

"마을에 부족한 것은 없나."

"식량도 잘 올라오고 있고, 대우도 좋아 많은 백성들이 벌목꾼으로 일하고 싶어 하옵니다."

"그대가 노력한 덕분이겠지."

"당치도 않습니다."

아론은 잠시 마을을 둘러봤다.

'단순한 마을 수준이 아니다.'

인구 수백을 넘긴 소형 도시급 마을.

행정 구역상 마을이라고 이름을 붙여서 그렇지, 이미 그 수준은 넘어섰다.

"칼슨 경, 벌목꾼 마을을 시로 승격시킬 수 없나."

"그거야 주군의 마음입니다. 정확한 통계는 봐야겠지만 벌목꾼 마을의 주민은 천 명에 달할 겁니다. 이만하면 도시로 봐도 되죠."

"그래, 이런 시대에는 말이지."

"예."

아론은 오라클 영지에서 인구 2천으로 시작했다.

지금이야 영지의 규모가 커져 5만에 이르게 되었지만,

천 명이라는 숫자도 적은 편은 아니었다.

벌목꾼 마을은 더욱 발전할 것 같았기에 생색도 낼 겸, 승격시킨다.

"숲 마을. 그러니까 포레스트 시."

"……!"

즉석해서 도시 이름을 생각해 냈다.

촌장과 인부들은 몸을 떨었다.

마을이 도시로 승격되면 그에 따른 혜택이 꽤 되었기 때문이다.

지금은 경제라는 것 자체가 없어 어떤 혜택도 주지 못했지만, 행정력이 복원되면 다를 것이다.

"이 마을을 포레스트 시로 승격하고 시장에 라무드를 임명한다."

"저, 저 같은 놈이 그 자리에 있어도 될지……."

"라무드 시장은 이 마을을 훌륭하게 키워 낸 공로가 있다. 앞으로 포레스트 시의 규모는 더욱 커질 것이다. 제국의 무도한 무리를 쓸어 내고 나면 노역형에 처해진 인부가 많이 들어올 것이야. 대수림 북쪽에는 화산과 석회 광산이 발견됐다. 이 도시는 그곳과 연결하는 기항지가 되어야 한다."

"감사합니다!"

아론은 바로 도시를 나서려 하였지만, 시장과 백성들이 붙잡는 바람에 어쩔 수 없이 점심 식사를 하기로 했다.

도시 중심 광장에 모닥불이 피어올랐다.

아론이 방문했기 때문인지 백성들이 돼지를 통째로 잡았다.

'신앙 문명의 강점이지.'

아론은 그저 문명을 발전시켜 나갈 뿐임에도 백성들이 자발적으로 따랐다.

영주로서 민폐를 끼치기 싫어서 가려는 데도, 기어코 잡힌 것만 봐도 그렇다.

돼지가 익는 동안 천천히 도시 내부를 둘러봤다.

"시장."

"예, 영주님!"

"앞으로 도시 확장 공사를 하는데 주력하도록 하라. 규모가 커지면 위성 도시 건설도 추진할 것이다."

"그, 그러겠습니다."

"아까 들었다시피 대규모 인부와 기술자가 도착한다. 시장이 책임자가 되어 잘 운영해 보도록."

"최선을 다하겠습니다!"

아론이 하는 일이었기에 가만히 있었지만, 칼슨 경은 약간 불안한 얼굴이었다.

"주군, 시장은 좋은 사람이지만 그만한 능력이 있는지는 검증되지 않았습니다. 도시 규모가 늘어난다면 행정관을 파견하는 것이 낫지 않습니까?"

"다 생각이 있다."

"예."

칼슨도 더 이상은 묻지 않았다.

아론이 하는 일에 '그냥' 은 없었기 때문이다.

라무드가 네임드 NPC는 아니다.

아론이 그 이름을 알고 있는 것은 아무래도 고인물이라 그렇다.

수없이 리게임을 하는 동안 라무드를 기용해 도시를 발전시켜 본 적이 있었기에 시장에 임명했다.

정말로 그가 무지렁이 촌장이라면 아론도 무리해서 임명하지 않았을 것이다.

'자리가 사람을 만드는 법이지.'

아론이 미래를 생각하고 있을 때, 마을 처녀들이 잘 익은 돼지 다리를 가져왔다.

개인적으로는 삼겹살이 맛있다고 생각하지만 앞다리도 나쁘지 않다.

"고맙구나."

"마, 많이 드세요!"

처녀들이 얼굴을 붉히며 사라졌다.

"영주님 인기가 하늘을 찌르는 것 같습니다."

"……."

아론은 칼슨의 말을 무시한 채 고기를 한 입 베어 물었다.

소금을 적게 쳐 밍밍하고 누린내도 났지만 불향이 그 모든 단점을 커버했다.

중세에서 이만하면 만족스런 식사라 할 수 있는 것이다.

배가 불러 올 즈음, 물 섞은 와인으로 목을 축인 칼슨 경이 약간의 걱정거리를 이야기했다.

"주군, 지금 신성 보호막이 화산 너머까지 퍼졌다고 합니다."

"그 너머가 설원이겠지."

"그곳에는 설원 왕국이 있습니다. 당장은 잠잠해도 언젠가 항의하지 않겠습니까?"

"그럴 가능성은 적다. 그들은 온화한 성격이거든."

"아무리 온화해도 빛이 영토를 침범하면 난리가 나지 않을까요?"

"대륙의 모든 국가가 무너졌다. 그건 설원 왕국도 마찬가지지. 오히려 그들은 더 큰 위협에 시달려 여력이 없을 거야."

"어쨌든 괜찮다는 뜻이죠?"

"그래, 아직은."

대수림은 세상의 끝이 아니었고, 그 너머의 세상이 있다.

얼음으로 뒤덮인 왕국.

굳이 설원이라는 것을 만들고 그 안에 얼음 왕국을 집어넣었나 싶지만, 스토리 분기상 매우 중요한 역할을 한다.

'신비와 전설이 설원에 꽤 모여 있지.'

신비는 신화시대의 여러 기술을 말한다.

막강한 효과를 내는 스킬이 잠들어 있다는 뜻이다.

전설은 말 그대로 전설급의 아이템을 말한다.

그렇다면 왜 당장 쳐들어가지 않는가?

지금 갔다간 신비와 전설을 지키는 가디언, 영물 등에게 자근자근 씹힐 터였다.

레벨이 낮아 언감생심 도전할 생각조차 못 한다.

"괜히 들쑤실 필요 없다. 지금은 제국 등부를 집어삼키고 세력을 확장하는데 주력해야지."

"맞는 말씀입니다."

식사를 마친 아론은 도시 사람들과 인사를 나누었다.

하루아침에 촌장에서 시장이 된 라무드는 어려운 환경 속에서도 말린 고기를 싸 주었다.

마음 씁씁이가 느껴졌다.

"고맙군."

"무운을 빕니다."

아론은 발길을 돌렸다.

여기서 목적지는 멀지 않았다.

포레스트 시에서 고작 한 시간 거리.

천사의 요람이라는 일회용 펫 던전이었다.

대수림 한복판.

일자로 쭉 뻗은 침엽수들이 서로 엉키며 지붕을 만들고 있었다.

대지는 천연의 장막이 만들어 낸 그림자로 가득했다.

그림 같은 숲이지만 주변에는 동물의 소리가 들리지 않았다.

그 흔한 새 한 마리 날아다니지 않았으며, 지금쯤 겨울을 준비하고 있어야 할 청솔모도 보이지 않았다.

"마물이 동물을 다 쫓아 버린 것 같군."

"원래는 사냥터로 사용될 만큼 야생 동물이 많았다고 합니다. 악신의 군대가 대륙을 휘저으며 불모지가 되었지요."

"위화감이 느껴지는 지역이야."

"그래도 마이어 경이 대부분의 마물을 토벌한 덕에 별다른 위협은 없는 것 같습니다."

아론은 고개를 끄덕였다.

생명이 죽은 것 같은 느낌이지만 괜찮았다.

벌목을 하다 보면 야생 동물에게 다치는 경우도 많았으니까.

'이쯤일 텐데.'

그들은 미니맵에 표시된 지역에 도착했다.

이 부근 50m 안에 던전 입구가 있을 것이다.

'번개 맞은 나무.'

주변을 둘러보며 어렵지 않게 발견했다.

대수림 침엽수의 키는 평균 10m가 넘었다.

그 가운데 번개에 맞아 반쯤 부러져 있는 나무를 찾는 것쯤이야 어려운 일이 아니다.

검게 그을린 자국이 지상까지 쭉 이어져 내려왔으며, 그 앞에 천사의 석상이 누군가에게 기도하는 모습으로 서 있었다.

웅성웅성.

병사들은 천사의 석상을 보며 소란을 피웠다.

그건 칼슨 경도 마찬가지였다.

"아니, 석상이 여기는 왜……? 지금껏 그런 보고는 듣지 못했습니다."

"당연히 못 들었겠지. 나무 상태를 봐라. 번개에 맞은 지 며칠 지나지도 않았다. 여신께서 천사를 이 땅에 보내며 나타난 현상이다."

"……!"

아론은 약을 파는 본분(?)을 잊지 않았다.

잡은 고기에 밥을 주지 않는 것은 어리석은 짓이다.

잘 양식하기 위해서는 끊임없이 관리를 해 주어야 하는 것이다.

놀라서 눈이 뒤집히기 직전이었던 칼슨 경이 갑자기 납

득한 얼굴을 했다.

"죽은 사람까지 살아 돌아오는 마당에 이제 놀랍지도 않습니다."

"여신께서 이 땅을 굽어살피시기 위해 천사를 내게 귀속시켰지."

"허어."

"천사를 귀속시키다니……."

"도대체 영주님의 정체가 뭐지?"

"뭐긴? 선지자 아니겠나."

주변이 더욱 소란스러워질 무렵, 아론이 석상의 머리에 손을 댔다.

[구원자 코드 식별 중…….]
[완료.]

그그그그극!

석상에서 빛이 퍼져 가며 반쯤 불탄 침엽수가 반으로 갈라졌다.

입구가 튀어나왔다.

던전은 일반적으로 볼 수 있는 침침한 모습이 아니라 환하게 빛을 내고 있었다.

이만하면 천국의 문처럼 보일 것이다.

"자격을 증명하고 오겠다."

"자격의 증명이요?"

"내가 아닌 다른 사람이 들어가면 사망한다. 영혼까지 불타고 말지."

"이, 이곳을 지키고 있겠습니다!"

본능적으로 그 안에 들어가려 하던 병사들이 멈칫거렸다.

영혼이 불탄다?

다른 사람이 그런 말을 했다면 몰라도 여신의 사도가 협박하니 매우 잘 먹혔다.

물론 헛소리가 아니다.

다른 사람이 던전에 들어가려 했다가는 몸이 시커멓게 타 버릴 것이다.

"늦어도 30분이다."

아론은 한마디를 남기고 던전으로 들어갔다.

거창한 이름답게 내부도 화려하기 짝이 없었다.

높은 대리석 기둥이 건물 전체를 지탱하고 있었으며, 벽면에는 천계의 장면이 묘사되어 있었다.

곳곳에서 흘러나오는 빛이 분위기를 더했으나 특별한 힘을 품고 있지는 않았다.

그저 설정이었다.

디펜스 워처럼 수준 높은 게임이 천사의 요람이라는 이

름까지 붙여 가며 만든 던전을 대충 묘사했을 리 없는 것이다.

기둥 사이사이에 높여진 향로에서 말로 형용할 수 없는 향기가 났다.

훔쳐 가고 싶다는 생각마저 들었지만, 그럴 수는 없다.

향로를 빼는 순간 던전 전체가 아론을 도둑 취급하며, 펫을 얻는 기회를 박탈하기 때문이다.

'내가 고인물이길 다행이지.'

아론은 주변의 물건을 아무것도 건들지 않았다.

복도를 지나자 거대한 홀에 가디언 한 마리가 잠들어 있었다.

높이 5m에 이르는 육중한 거체.

거대한 천사의 석상이 대검을 번쩍 쳐들었다.

안광이 파랗게 빛나며 메시지가 떴다.

[검증을 진행합니다.]
[당신이 가진 힘에 비례하여 펫의 등급이 결정됩니다.]

디펜스 워에서 보았던 설정과 정확히 일치했다.

초반부가 끝난다는 징표와 다름없는 펫.

지금까지 캐릭터가 얼마나 성장했는지, 문명의 방향이 무엇인지에 따라 펫의 형태와 능력도 바뀐다.

강하게 후려칠수록 더 좋은 펫이 나온다는 뜻이다.
아론은 각종 버프로 육체를 휘감았다.

사방 300m 내에 신성의 오라가 발현됩니다.
HP 회복률 +6
언데드에 대한 대미지 +6
힘 +2, 체력 +2

[4분간 힘이 300% 증가합니다.]
[방패에 가해지는 충격이 50% 감소합니다.]

온몸에서 피가 끓어올랐다.
아론은 얼마 전에 얻은 아이템의 효과를 톡톡히 보았다.
적사자의 망토에는 모든 하급 스킬을 1씩 올려 주었으므로 버프의 수준이 전체적으로 한 단계 올라간 것이다.
여기에 더해.

[힘 30% 상승.]

상시 적용되는 패시브, 힘의 근원이 시너지를 냈다.
레벨 업을 하며 얻은 스킬 포인트를 투자했고, 적사자의 망토 옵션이 적용돼 말도 안 되는 힘의 상승이 이루어진 것이다.

 아론은 지금껏 수도 없이 많은 리게임을 해 왔지만 개인적인 무력은 지금의 수준에 도달한 적이 없었다.

 역대급 펫이 튀어나올 수 있다는 뜻이다.

 눈앞의 존재는 일종의 펀치 기계라고 생각하면 됐다.

 덩치가 큰 만큼 육중하게 움직였기에 전투력 측정기 역할을 하는 셈이다.

 물론, 방심하다 한 대 맞기라도 하면 골로 간다.

 쿠구구구!

 후우웅!

 석상이 거대한 대검을 내려쳤다.

 아론은 가볍게 사정거리에서 벗어났다.

 콰아아아앙!

 "……!"

 신전 전체가 흔들렸고, 파편이 사방으로 튀었다.

 지진파가 일어날 정도의 충격이었다.

 괜스레 식은땀이 흘렀다.

 '이 정도였나?'

 언젠가 한 번은 저 검에 맞아 [DIE]를 본 적이 있었다.

 게임 속에서 볼 때에는 별것 아니었는데, 실제로 보니 맞는 순간 곤죽이 되어도 이상할 것이 없었다.

 파아앙!

아론은 기둥을 타고 올라갔다.

전투력 측정기에 최대한의 대미지를 입히기 위해서는 중력 에너지도 이용해야 한다.

기둥 끝까지 올라간 후에는 엄청난 속도로 튕겨져 나간다.

점프력 30% 옵션은 이런 식으로 사용할 수 있었다.

중력 에너지와 가속력, 각종 버프까지.

몸을 회전시키며 성유물로 거인 천사의 머리를 후려쳤다.

콰아아아앙!

쩌저적!

천사의 머리에 금이 갔다.

아론은 기억을 더듬어 석상에 금이 갈 정도로 충격을 준 적이 있는지 생각했다.

'그런 적이 없었는데?'

갈라진 석상의 머리에서 빛이 흘러나왔다.

그 빛은 석상 전체를 집어삼켰다.

파편이 부서지듯 무너져 내린 거체 안에서 알 하나가 나왔다.

[부화를 시작합니다.]

"후우."
긴장되는 순간이다.
과연 석상은 아론의 전투력을 어느 정도로 측정했을까?
알에서 빛이 나며 천사의 형상을 한 펫이 튀어나왔다.

[좌천사 미리엘을 획득했습니다.]

"……!"
아론은 깜짝 놀랐다.
천사 펫의 등급은 일품부터 구품으로 나뉜다.
구품 천사가 최하급 힐을 가끔 사용하는 정도이며, 팔품 천사가 전투에 약간 도움을 주는 수준이다.
품계가 높을수록 펫의 능력도 강해진다.
좌천사는 삼품계로, 전투에 특화되어 있었다.
천사의 외모는 흔히 게임에서 볼 수 있는 천족이다.
새하얀 옷과 날개, 치렁치렁한 백금발.
크기는 손바닥 정도에 불과했지만 캐릭터와 함께 성장한다.
나중에는 사람 크기만큼 자라지만 그런 모습은 중반 이후에나 볼 수 있다.
좌천사 주변에는 신성력으로 타오르는 수레바퀴 두 개가 떠 있었다.

오른손에는 검을 쥐고 있었으니, 방금 전까지 전쟁터에서 전투를 하다가 갑자기 하계에 떨어진 것 같은 모습이었다.

천사 펫이 아론의 주변을 빙그르르 돌더니 어깨 위에 자리했다.

이곳이 기본적인 펫의 위치다.

"전투 모드 오프."

스스슷.

미리엘의 수레바퀴와 검이 사라졌다.

무기가 위험스러워 보였으니, 전투가 없을 때는 사용하지 않는 편이 안전하다.

아론은 게임처럼 제어가 된다는 것을 사실 확인하고 다시 장비를 소환하게 했다.

"전투 모드 온."

스스슷.

빛과 함께 생겨난 무기들.

미리엘은 원거리 공격과 근거리 공격을 함께하는 뛰어난 펫으로, 레벨이 올라가면 자힐도 사용해 HP를 회복한다.

"대박인데?"

지금껏 게임을 플레이해 오며 얻었던 천사 중 가장 강력한 펫이 사품이었다.

사품 천사는 여신의 뜻이 세상에 미치도록 도움을 준다.

통치력 강화에 특화되어 있었기에 실질적인 전투력은 없다시피 했다.

중품 천사 중에서는 차라리 육품이 나았다.

어설프게 강하면 오히려 좋지 않은 펫이 튀어나온다.

신앙을 선택한 유저의 딜레마였다.

사품을 뛰어넘어 삼품 천사를 뽑으면 말은 달라진다.

삼품부터는 상품 천사라 불리는 존재들이다.

1~2계급의 치천사는 도전해서 뽑은 사람이 없었던 만큼, 삼품이 한계라 볼 수 있는 것이다.

"미리엘, 원거리 공격."

콰과과광!

미리엘의 수레바퀴가 움직이며 기둥 하나를 작살냈다.

대리석 기둥이 강렬한 폭음과 함께 터졌다.

작렬하는 먼지.

미리엘의 원거리 공격은 파이어 웨이브보다 조금 약한 수준의 위력이었다.

근거리 공격력은?

"검으로 기둥을 쳐 봐."

쐐애액!

쾅!

대리석 기둥 일부분이 잘려 나갔다.

근거리 공격력도 나쁜 수준은 아니다.

미리엘의 전투력은 기사보다 약하고 병사코다는 강하다.

원거리와 근거리를 함께 사용하는 팔방미인이지만 원거리 공격이 더 강했다.

이것은 상당한 강점이다.

펫이라면 그저 보조를 해 주는 수준이면 족했다.

괜히 앞으로 나섰다가 역소환되면 3일 동안 재소환을 하지 못한다.

마나가 다 떨어질 때까지 원거리 공격을 해 주고 마지막에는 보스에게 돌진해 대미지를 한 번이라드 받아 준다면 그 역할을 다하는 것이다.

아론은 만족스럽게 웃었다.

"잘해 보자, 미리엘."

펫은 아직 말을 하지 못했기에 아론의 머리 위를 한 바퀴 돌다가 어깨 위로 돌아왔다.

아론이 던전을 나오자 그를 발견한 칼슨 경과 병사들의 몸이 굳어 버렸다.

미리엘은 단순히 펫에 불과했지만, 타인이 보기에는 천사 그 자체였기 때문이다.

털썩.

그들은 무릎을 꿇고 경배하기까지 했다.

"오오, 천사를 경배하라!"

"여신께서 정말로 천사를 내려 보내 주셨구나!"

"다들 일어나라."

"천사님이 강림하셨는데 어찌 그렇겠습니까?"

"그리 어렵게 생각할 것 없다. 미리엘은 내게 예속된 존재에 불과하다."

"……!"

사람들의 동공에 지진이 일어났다.

천사가 아론에게 예속되었다는 것은 엄청난 충격이었기 때문이다.

천사 펫의 등장에 영지가 뒤집어졌다.
들르는 마을마다 백성들이 넙죽 엎드려 경배했다.
'생각보다 효과가 크다.'
파급력은 아론의 예상을 뛰어넘었다.
그는 이 정도로 사람들이 충격을 받을 거라고는 생각지 못했다.
죽은 병사를 생환시켰다는 것만으로도 여신의 기적을 증명하기에는 충분했고, 앞으로 무슨 일이 벌어져도 약발(?)이 부활보다 크지 않으리라 본 것이다.
하지만 그 예상은 틀렸다.
"여신을 경배하라!"
"하늘에서 천사가 내려왔으니 악의 세력은 빛을 잃고 스러지리라."

특히 교단 사람들.

세이라는 천사가 나타났다는 소식을 접하고 영주성 앞까지 마중 나왔다.

털썩.

"천상의 위대하신 존재를 뵈어요."

"……."

펫의 지능은 뛰어난 편이 아니었기에 아무런 말도 할 수 없었다.

무덤덤한 표정으로 세이라와 교단 사람을 내려다보고 있을 뿐이었다.

"일어나라."

"아니에요. 천사의 존안을 뵙고서 어찌 그럴 수가 있겠어요?"

"이 천사는 여신께서 내게 귀속시켜 주신 일꾼이다."

"……!"

아론의 입에서 일꾼이란 말이 나오자 사람들은 더 큰 충격에 휩싸였다.

'시각적인 효과가 큰 모양이군.'

인간은 보이는 것을 믿는다.

천사가 강림한 것도 큰 충격이겠지만, 기적의 강도로 보면 부활이 더했다.

다만, 아론은 인간의 특성을 잘 파악하지 못하고 있었다.

죽은 자의 부활?

물론 충격적이다.

하지만 천사가 계속 눈에 보이는 것만큼의 효과는 없는 것 같았다.

오랜 시간 회자되겠지만 그뿐이다.

세이라가 떨리는 목소리로 물었다.

"천사께서 귀속……이 될 수 있나요?"

"여신께서 내게 예비하셨다. 천사란 천계의 일꾼 아니겠느냐? 지상의 일을 도우라 한 개체 정도는 내려 주실 수도 있는 거지."

"그, 그런가요?"

"그러니 너무 어렵게 생각할 필요는 없다. 지상에 일꾼이 있듯 천계도 마찬가지다. 미리엘은 그중 하나일 뿐이야."

"성서적 해석은 그게 맞긴 한데……."

워낙 임팩트가 크다는 것이 문제다.

아론도 그 사실은 인정하고 있었다.

웅성웅성.

세이라와 대화를 나누는 동안 베르칸 시에서 사람들이 몰려나왔다.

그들에게도 해당 개체는 신이 내려 준 선물이라 말했지

만, 경외의 대상으로 봤다.

이로써 아론에게 강력한 권위 하나가 더 생긴 것이다.

'나쁘지 않아. 백성들은 천사 펫을 볼 대마다 여신의 은혜를 생각하겠지. 그건 지배력 강화로 이어진다.'

아론은 당당하게 도시에 입성했다.

천사 펫 미리엘의 인기는 대단했다.

처음 펫을 본 백성들은 그 신비함에 홀려 꿇어 엎드렸지만, 지속적으로 천계의 일꾼이라 계몽(?)하자 자세히 살피기 시작했다.

아이들은 아예 아론의 뒤를 쫓아다녔다.

'어린 시절 방구차가 생각나는데.'

현대 문명에는 휴대폰이나 인터넷 등 놀 거리가 많지만, 이 시대는 그런 것도 없었다.

아이들에게는 성력을 은은하게 뿜어내고 있는 아름다운 천사를 구경하는 것만큼 흥미로운 일도 없을 것이다.

공방 앞.

어마어마한 인파를 몰고 온 아론을 향해 컬크가 인사했다.

"허허허, 여신께서 천사를 내려 주셨다고 들었는데 정말이었군요."

"그래서 조금 곤란하다."

"아이들의 영혼은 순수하죠. 영혼이 깨끗하니 천사에게 끌리는 것 아니겠습니까?"

"맞는 말이다."

'그럴 리가 있나. 그냥 신기하고 예쁘니까 쫓아다니는 거지.'

아이의 영혼이 깨끗해서 천사를 쫓아다닌다?

너무 좋게 포장했다.

"저번에 주문하신 단검입니다. 미스릴이 섞여 있어 항마력을 지닌 것이 특징이지요."

팅!

아론이 미스릴 단검을 손가락으로 튕기자 맑은 소리가 났다.

소모품 상자에서 나온 미스릴을 전부 사용한 결과다.

비록 주괴 하나였지만, 강철과 섞어 사용하면 기사단, 성기사단, 이단심문관에게 지급할 단검 한 자루씩은 충분히 만들 수 있었다.

양이 적어 장검으로 제작할 수는 없었지만, 단검만 만들어 지급해도 충성심을 유도할 수 있을 것이다.

"저녁까지 가져오도록."

"그리하겠습니다."

아론은 대장간을 둘러보다 특이한 형태의 기계를 발견했다.

"이건 파종 기계 아닌가?"

"맞습니다. 레냐 아가씨께서 설계한 기계죠."

"핵심 부품은 빠진 것 같군?"

"아직 설계 중이라고 하셔서 말입니다."

"이 녀석이. 내게 먼저 말을 하지 않고."

"허허허, 너무 나무라지 마십시오. 영주님을 깜짝 놀라게 해 드린다고 계획한 일이니까요."

정말 애늙은이가 따로 없다.

아론은 전에 몇 가지 농기계를 레냐에게 알려 준 적이 있었다.

파종기도 그중 하나였다.

씨앗을 어떤 식으로 심어야 할지 고심이 필요했는데, 그마저도 설계에 들어간 듯 보였다.

'레냐와 심층적으로 연구를 해 봐야 하나?'

기계의 대부분을 완성했으니 주요 부품만 만들면 된다.

대장간 한쪽에 실패작들이 처박혀 있는 것으로 봐서는 이미 몇 번이나 제작을 했다가 실패한 듯했다.

"어?"

아론이 대장간을 나가다 레냐와 마주쳤다.

그녀의 등에는 거대한 화구통이 매달려 있었다.

그 안에 설계도가 들어 있는 것이 틀림없었다.

"오빠……?"

"녀석아, 농기계를 만들 것이라면 먼저 이 오라비와 상의를 해야……."

"꺄아아악!"

레냐가 아론에게 달려들어 천사 펫을 낚아챘다.

그녀는 정말 귀여운 인형을 발견했다는 듯 미리엘을 안고 비비적거렸다.

"따듯해요!"

"살아 있으니 당연하겠지?"

"우와! 정말로 천사가 땅에 내려오다니!"

미리엘의 외모가 아이들이 좋아하게 생기긴 했다.

인형 실사판으로, 이 세상 외모는 아니었다.

날개도 부드러웠으며 무슨 원단을 사용했는지 입고 있는 옷도 실크 재질 이상이었다.

"……."

미리엘은 다소 찡그린 표정으로 안겨 있을 뿐이다.

적이 아니라는 것을 알기에 차마 밀어내지는 못하는 것이다.

"그만해라. 답답해한다."

"조금만 더 놀게요!"

"그건 장난감이……."

"파종 기계 설계를 마쳤어요! 이걸로 일손을 반 이상 줄일 수 있을 것 같아요!"

"음……. 마음대로 써라."
"네!"
아론은 살짝 고통스러워하는 미리엘의 시선을 외면했다.

미리엘은 거의 20분 동안 레냐에게 혹사당했다.
아론은 그동안 대장간을 둘러봤다.
'대장간 규모를 더 늘려야 한다. 소형 용광로를 만들면 좋겠는데……. 내화 벽돌을 만드는 것은 무리인가?'
디펜스 워 내에서도 용광로가 등장한다.
내정에 집중을 하다 보면 기술 발전 탭에서 조작할 수 있는 것이다.
하지만 이곳은 현실.
그렇게 뚝딱 용광로가 만들어질 것이란 보장이 없다.
직접 개발해야 한다는 뜻이다.
'원리는 간단하다. 내화 벽돌을 구울 수 있으면 끝이지. 말처럼 쉽게 될지는 모르겠지만.'
아론이 생각에 잠겨 있는 동안, 레냐의 마수에서 벗어난 미리엘이 날아왔다.
펫은 레냐의 손길이 두려운지 아론의 등 뒤로 숨었다.
"헤헤헤."
맛이 반쯤 간 듯한 그녀의 표정.
미리엘은 레냐와 눈조차 마주치지 않으려 했다.

"오빠, 보세요. 설계를 완료했어요."

촤악!

레냐는 영악한 아이다.

치고 빠질 때를 아는 것이다.

미리엘을 실컷 가지고 놀았으니 일 이야기에 들어갔다.

"처음에 가장 먼저 고려한 것이 바로 준비 장치예요."

"밭을 먼저 간다는 뜻이구나?"

"흙을 뒤섞고 평평하게 만들어야 작물이 잘 자랄 테니까요. 밭갈이를 한 번 더 한다고 보면 돼요. 지금은 아무리 농지를 조성해 봤자 겨우내 얼어붙을 테고 다시 한번 정리해야겠죠."

"맞다."

아론이 농업 전문가는 아니었지만, 파종을 할 때 밭을 한 번 더 정리한다는 정도는 알고 있었다.

"이건 씨앗 저장과 공급을 하는 장치예요. 밭에 여러 가지 씨앗을 동시에 파종할 수 있죠."

"허."

놀라운 통찰력이다.

이만하면 현대에 사용하는 파종 기계와 별다를 바 없어 보였다.

레냐의 설명이 이어졌다.

"이 부분이 파종 장치예요. 흙을 파서 씨앗을 넣고 채우기까지 하죠. 오빠가 알려 주신 회전 장치와 치수 장치를 이용해 정확히 씨앗을 심고 토양을 채워 줘요."

"굉장히 과학적인데."

아론의 놀람은 여기서 끝나지 않았다.

또 다른 기능이 추가되었기 때문이다.

"이 기어로 파종 깊이를 조절할 수 있어요. 직접 농사에 관여해 보니까 작물을 다 같은 깊이에 심는 것은 아니더라고요."

"그…… 그렇겠지?"

아론은 '그런가?'라고 생각할 뿐이었다.

듣고 보니 맞는 말 같기도 했다.

"이건 깊이에 관여하는 기어이고, 이건 너비에 관여하는 기어예요. 파종 장치는 총 6구이고 두 개의 바퀴를 가졌죠. 사람이 올라타서 움직이게 되면 워낙 많은 동력이 필요해서 이런 식으로 방향은 사람이 조절해 주어야 해요."

"정말 섬세한 작업이 필요하겠는데. 기계가 움직이는 데는 문제없고?"

"물론이죠. 동력만 공급하면 돼요. 동력은 마력으로 연결을 하면 되고요."

"고생했다."

"그럼 밤에 미리엘과 자도 되나요!?"

"그건……."

"슬슬 수확기도 만들어 보려 하는데……."
"당연히 된다."
"감사합니다!"
레냐는 굉장히 기뻐하면서 돌아갔다.

지금까지의 상황을 모두 지켜보고 있던 컬크가 그 뒷모습을 바라보며 혀를 내둘렀다.

"정말 똑똑한 분입니다."
"내가 종종 간과하고 산다. 이 정도 기계를 설계한다는 것은 천재라는 뜻인데, 열 살 아이의 모습을 하고 있으니."

파종기와 수확기.

밭을 가는 트랙터 비슷한 물건은 개발되어 있었기에 세 가지 기계를 적절하게 사용하면 소수의 인력만으로도 충분히 농지를 관리할 수 있다.

레냐에게 스프링클러 장치만 개발하게 한다면.

'식량난에서 벗어나는 것이 꿈은 아닐지 모르지.'

여기까지 생각이 미친 아론은 고개를 흔들었다.

자신도 모르게 방심할 뻔했기 때문이다.

아무리 농사가 기계화된다고 해도 하늘이 따라 주지 않으면 흉작이 들 수 있다.

지난번처럼 홍수 때문에 농작물을 싹 쓸어 갈 가능성도 배제하지 못하는 것이다.

'홍수에 대비한 배수로 공사가 관건인데……. 100% 막을 수 있나? 농사는 현대 사회에서도 망치길 다반사인데.'

아무리 배수로 공사를 잘해도 홍수가 날 정도로 비가 내리면 농사가 망하지 않을까?

아론은 그저 최선을 다할 수밖에 없다고 생각했다.

영지 시찰을 마친 그는 행정부에 들렀다.

이번에 인구 통계가 나왔다고 하여 확인하려는 것이다.

"레미나 경."

"오셨습니까, 영주님."

레미나 경은 서류 더미에 파묻혀 있었다.

기사인 그녀가 행정부를 담당하고 있으니, 미안한 마음이 들긴 했다.

그래도 어쩔 수 없는 일 아닌가.

그녀보다 뛰어나고 충성심 있는 문관은 존재하지 않았으니까.

"인구 조사가 끝났다고 들었다."

"예, 총인구는 52,120명이며 계속 늘어나고 있습니다. 여기저기서 난민이 들어오는 중이며……."

설명을 해 나가던 레미나 경의 눈동자가 탁 풀렸다.

"왜 그러나?"

"실례지만 한 번만 천사님을 만져 봐도 될까요?"

"그리해라."

"……!"

천사를 영접(?)한 레미나 경의 눈이 반쯤 돌아갔다.

미리엘을 꼭 끌어안고 놓아주지 않는 것이다.

아론은 그 모습을 보며 웃었다.

"아주 아이돌이 따로 없어."

일주일 동안 아론은 동분서주하며 영지를 통합하는데 애썼다.

오라클 영지에는 각기 다른 세력이 혼합돼 있었으므로 그들을 신앙으로 묶지 않는다면 여러 가지 문제가 발생할 것이다.

여기서 큰 역할을 한 것이 펫이었다.

아론이야 미리엘이 시스템에 의해 창조되었다는 사실을 알고 있었지만, 다른 사람들은 아니다.

애초에 마케팅을 신께서 내려 주신 선물이라 했기에 모든 백성이 열광했다.

광신도가 더 탄생하기도 하였으니, 미리엘 정도면 중세 판 아이돌이라고 해도 무방했다.

덕분에 5만 명이 넘는 사람들은 단 하나도 예외 없이 열심히 일했다.

"앞으로 3일."

아론은 차 한 잔으로 커피의 아쉬움을 달래며 생각했다.

그의 손에는 전서구의 발에 부착되었던 통신문 한 장이 쥐어져 있었다.

[준비 완료. 내일부터 진군.]
[본대는 반드시 미란다 협곡을 지날 것.]

락시도 자작이 보낸 서신이었다.
아론은 바르다힌 변경백과의 승부를 앞두고 있었다.
적은 3천의 병력을 구성해 진군할 채비를 갖추었으므로 피해 없이 막으려면 최대한 꼼수를 동원해야 했다.
변경백이 오라클 영지로 침입할 수 있는 경로는 딱 두 개다.
하나는 파사이드 숲이었으며, 또 하나는 미란다 협곡이다.
두 지름길을 포기하면 평원을 지나 빙 돌아올 수밖에 없었는데, 아론이 아는 바르다힌 변경백이라면 결코 그런 선택을 내리지 않을 터였다.
놈은 성급함을 패시브로 둘렀을 만큼 성질이 급했다.
성질 급한 것으로 따지면 말도르 카브란도 마찬가지였지만, 놈은 공적인 자리에서도 그런다는 것이 문제였다.

[아라튼 바르다힌은 급한 성격만 아니었다면 진즉에 승작하고도 남았다.]

디펜스 워 공식 설정집에서 보았던 내용이다.

유저들은 단 한 줄의 설정만으로 놈의 약점을 파악해 공략했다.

강력한 적이 즐비한 세계관 내에서 바르다힌 정도면 호구라고 인식해도 무리가 없는 것이다.

어느 정도의 피해로 놈을 잡느냐가 관건이었다.

락시도 자작을 통해 파사이드 숲에 매복이 있다는 정보를 심으면 반드시 협곡으로 올 수밖에 없었다.

다만, 락시도 자작은 이 작전에 우려를 표하기도 했었다.

[주군, 변경백의 성질이 급한 것은 사실이지만 이 뻔한 수가 통하겠습니까?]

[뻔하기에 통한다. 자작, 전쟁에서 가장 조심해야 하는 지형이 어딘가?]

[협곡입니다.]

[협곡에 적을 매복하는 것은 고전적인 수법이다. 그 때문에 제후들은 그런 식상한 방법은 사용하지 않지. 그 때문에 통한다.]

[……주군의 뜻이라면 따르겠습니다.]

아론은 되지도 않는 헛소리로 자작을 설득했다.

변경백이 매복에 걸릴 것이라 확신하는 이유는 수없이

게임을 플레이해 왔던 경험 때문이다.

너무 복잡하게 전략을 짜면 오히려 망할 수 있다.

차를 마시며 생각에 잠겨 있을 때, 레냐가 들어왔다.

똑똑.

"오빠, 안녕히 주무셨어요?"

"어…… 그래."

그녀의 품에는 천사 펫이 안겨 있었다.

밤새도록 시달린 모양인지 미리엘의 얼굴은 꽤 피로해 보였다.

펫이 아론에게 날아오더니 한 팔을 허리에 올리고 양 볼을 부풀렸다.

나름 항의의 표시일 것이다.

"저는 그림 설계를 하러 가 볼게요! 내년 봄에 추수하려면 시제품을 바로 만들어야 하거든요!"

"고생해라."

미리엘의 기가 빨린 것과 반대로 레냐는 정말 잘 잤다는 표정이다.

아론은 항의하는 펫의 머리를 쓰다듬었다.

"네가 좀 더 고생해라."

항의 따위는 먹히지 않는다.

이런 세계관에 펫이 괜히 펫인가?

부려 먹으라고 태어난 존재였다.

그 마음을 헤아렸는지, 천사의 날개가 축 처졌다.

미란다 협곡.

예부터 협곡에서의 매복은 군사적으로 매우 중요하게 다루어져 왔다.

하지만 전쟁 기술이 발달함에 따라 뻔한 전략은 이제 먹혀들지 않았다.

양쪽으로 치솟아 있는 천혜의 벽과 좁은 지형은 그곳을 지나가는 군대에게 큰 피해를 강요했으므로 어떤 사령관이라도 정찰하고 보는 것이 일반적이다.

그건 바르다힌 변경백도 마찬가지였다.

매복을 감추기 위해서는 특별한 장치가 필요하다.

일반적인 방법으로는 100% 발각된다고 볼 수 있었기 때문이다.

드드드드드!

협곡 뒤 능선에서 나는 소리다.

바위벽 뒤로 완만한 숲이 이어졌으며, 그 안에 땅굴을 파면 적 정찰대의 눈을 속일 수 있었다.

이 작전을 위해 광산에서 일하는 광부가 동원했다.

암벽을 파던 광부들은 손쉽게 땅굴을 팠다.

무른 땅을 파는 것은 오히려 휴식처럼 느껴졌다.

며칠 후면 중요한 작전이 전개될 것이었기에 아론은 대

규모 인부가 동원된 작전 장소에 위문을 왔다.

"영주님이시다!"

"천사가 함께한다!"

"와아아아!"

미리엘은 어딜 가나 인기였다.

일부 사람들이 천사 펫을 노리며 달려들긴 했지만 일반적인 반응은 이게 맞다.

이제 무릎을 꿇고 경배하는 모습은 보이지 않았다.

미리엘은 여신께서 보내 준 일꾼이라는 것을 강조했기 때문이다.

"주군을 뵙습니다!"

"에리아 경, 수고가 많다."

"아닙니다. 당연히 해야 할 일입니다."

작업 책임자는 에리아 경이었다.

그녀가 이곳에 자리 잡고 있는 이유는 적 척후대나 영지에서 적진으로 날아가는 전서구를 요격하기 위해서였다.

이번 작전은 보안이 핵심이다.

여신의 기적으로 광란에 휩싸여 있는 영지에서 배신자가 나올 가능성은 적지만, 사람 일은 모른다.

악마 추종자 세력이 은밀하게 활동할 수 있었으며, 변경백이 박은 첩자가 있을 수도 있었다.

그걸 대비한 특수 정보부였다.

아론은 에리아 경과 협곡을 살폈다.

거대한 바위가 곳곳에서 떨어질 준비를 했다.

작은 홈에 고정시켜 둔 바위는 병사 몇이 밀기만 해도 바로 굴러떨어질 것이다.

통나무도 엄폐하여 쌓아 두었다.

"화살과 역청은 동굴 입구에 따로 자리를 마련해 준비했습니다."

"완벽하다."

이 전투는 아군의 독무대가 되어야 한다.

전력의 감소는 용납하지 않는다.

현재 영지에서 준비되고 있는 4천의 병력은 아론이 완벽하게 장악하고 있었다.

연달아 여신의 기적을 불어 넣어 주니 그 약기운에 취해 배신할 생각조차 못 하는 것이다.

그런 충성심 강한 군대는 얻기가 매우 힘들다. 그런 이유 때문이라도 병력을 잃을 수 없다.

변경백의 병력이 다소 상해도 압도적인 힘으로 쓸어버린다.

아론의 군대는 라파스 왕국 군이 일부 섞인 다국적 군대라 할 수 있었지만, 대부분 베론 왕국의 백성으로 이루어져 있었다.

추후 문제를 일으킬 가능성이 적은 것이다.

하지만 제국군은 달랐다.

그 높은 프라이드를 지닌 군대가 아론의 말을 쉽게 들어먹을 것이라 확신할 수 없었다.

'그들을 흡수하면 반드시 문제가 발생한다. 필연적인 이벤트라 할 수 있지. 반발을 줄이려면 변경백의 군대가 반 정도 줄어들 필요가 있다.'

필요한 희생이었다.

아론이 망설이면 아군에 큰 피해가 발생한다.

잘못하면 내부에서 흔들리고 그것은 게임 오버로 이어진다.

모니터 속 세상이라면 게임을 새로 시작하면 그만이었지만, 여기서 죽으면 십중팔구 그대로 인생이 끝날 것이다.

그러니 어려운 결단을 내린다.

아론은 좀 더 사람들과 떨어진 곳으로 에리아 경을 데려왔다.

"협곡에서 죽는 적 군대는 대략 1,500명 정도일 것이다. 사지로 걸어 들어온 자들은 모조리 죽여도 좋다."

"모조리…… 말입니까?"

"그들은 제국이다."

이 한마디로 모든 것이 설명됐다.

제국에 대한 프라이드를 갖는 것은 귀족만이 아니다.

병사들 역시 나름의 자부심을 가지고 있을 것이므로 다

른 생각을 하지 못하도록 일부 병력은 전멸시키는 것이 필수적이었다.

"협곡 밖의 병력은 중갑 기병이 상대할 것이다. 변경백이 협곡에서 죽으면 다행이지만, 그렇지 않는다면 내가 직접 나서서 놈의 목을 친다."

"더욱 철저하게 준비하겠습니다."

"좋아. 전서구가 적진으로 날아간 것은 없나?"

"두 건 있었습니다."

"두 건이라……."

보안에 신경을 쓴다고 썼는데 변경백이 기어코 첩자를 박은 모양이었다.

"결코 작전이 새어 나가서는 안 된다. 경을 믿는다."

"예, 주군!"

에리아 경의 눈동자가 강렬하게 빛났다.

이쪽의 일은 그녀에게 맡기고 돌아가려 했다.

적과의 전투가 3일 남은 상황.

이틀 후에는 출병해야 했기에 할 일이 많았다.

협곡을 내려가려는데 에리아 경이 아론을 붙잡았다.

"저…… 주군."

"더 할 말이 있나."

"실례지만 천사의 기운을 받아도 될까요?"

"……그렇게 해라."

에리아 경이 한쪽 무릎을 꿇었다.

아론은 어쩔 수 없이 펫을 날려 그녀의 머리를 쓰다듬어 주었다.

마치 세례를 받는 것 같은 경건함이었다.

그녀의 얼굴이 붉게 물들었다.

'얼음 공주라 불리는 에리아 경도 결국 여자군.'

천사 펫을 이용해 그녀의 마음 깊은 곳에도 여성성이 남아 있다는 것을 확인했으니 이것도 나름의 성과였다.

이틀 후, 베르칸 평야.

무려 3천이나 되는 병력이 출병을 대기하고 있었다.

영지의 총 병력은 4천이었으나 신병이 상당히 많아 모두 데려갈 수는 없었다.

신병들은 두 개의 경험치 던전에서 구르며 레벨 업을 하고 있었지만, 전투에 바로 투입하기는 시기상조였다.

사기는 높았으나 숙련이 되지 않은 병력으로 전쟁에 나설 수는 없었다.

'신병을 제외해도 가슴 벅찬 광경이다.'

처음 이 세상에 떨어졌을 때, 총인구가 2천이었다.

그마저도 노약자가 대부분을 차지했으니, 정예 병력 3천을 출병시킬 수 있다는 것은 가슴 벅찬 일이었다.

평야를 채운 광기.

아론의 어깨에는 여전히 천사 펫이 함께하고 있었다.

굳이 무슨 말을 하지 않더라도 사기가 하늘을 찌르고 있었으니, 미리엘은 그 존재만으로 가치를 톡톡히 하고 있었다.

'역시 아이돌.'

신앙 문명에서 천사가 강림했다?

현대 사회의 아이돌은 명함도 내밀지 못한다.

아론은 성벽 위에 올라 음성 확장기를 사용했다.

"존귀한 여신의 군대여, 우리는 악과 싸우기 위해 이 자리에 섰다. 우리의 믿음과 영광을 여신께서 기억하신다. 제군들에게 천국의 영광이 닿을 것이니 죽음을 두려워 말라!"

"오오오!"

"아론! 아론!"

"아론! 아론!"

병사들은 적이 눈앞에 있다면 바로 찢어 버릴 듯한 기세였다.

지금도 사기는 높았지만, 약간의 명분 작업을 해 주면 완벽해진다.

"악마에게 홀린 제국의 귀족은 감히 이 성스러운 땅을 짓밟으려 한다. 여신께서 돌보시는 이 땅은 한 뼘도 내어 줄 수 없는 바, 성전을 시작한다! 여신께서 함께하신다!"

"와아아아!"

"진군한다!"

뜨겁게 달아오른 병사들.

완벽하게 세뇌된 신의 군대가 한 발 내딛었다.

아론은 광신의 위력이 얼마나 대단한지 새삼 깨달았다.

모니터 속에서 보던 세상과는 완전히 다르다.

중세 전쟁에 종교가 개입되면 얼마나 무서운 일이 펼쳐지는지 체감할 수 있는 것이다.

십자군 전쟁?

그에 비할 수 없다.

여신의 군대는 광기 그 자체였다.

'패배할 걱정은 전혀 없다. 제국의 대영지를 어떻게 다스려야 할지가 문제지.'

수천에 달하는 병력이 프란다 평야를 가로지르고 있었다.

 이곳은 그레이븐 제국과 베론 왕국의 국경 지대다.

 세상이 멸망하기 전에는 상시 군대가 주둔하며 국지전을 벌이던 곳.

 상대적으로 국력이 약한 베론 왕국은 300년 전, 대장벽을 설치하고 제국의 침공을 경계해 왔다.

 지금은 관리가 되지 않아 폐허가 되었으나 과거의 흔적이 곳곳에 남아 있었다.

 기병 500, 보병 2,500으로 이루어진 군단이 진군을 멈추었다.

 현재를 기준으로 보면 대병력이다.

군대는 대장벽을 두고 긴장에 들어갔다.

"척후대는 장벽이나 그 너머에 적이 있는지 확인하라."

"예, 각하!"

두두두두!

바르다힌 변경백은 서두르지 않았다.

말도르 카브란의 쌍욕에 살짝 흔들리긴 했어도, 고작 그따위 도발에 넘어가면 대귀족이 아니다.

'군주가 저속한 말에 휘둘리면 지배력이 약화되지.'

상황을 여기까지 몰고 오는데 일조한 락시도 프라임 자작이 살짝 아쉽다는 듯 입맛을 다셨다.

변경백이 이성을 잃고 질주했다면 큰 피해를 강요할 수 있을 것이다.

그랬다면 얼마나 큰 전공으로 기록됐을까.

락시도 자작은 오라클 군단의 막내 비슷한 지위였다.

제국에서야 귀족이라 쳐도 앞으로 건설될 신왕국에서 지위를 보전할 것이라고는 확신할 수 없었다.

그 때문에 전공에 목마른 것이다.

대장벽을 정찰한 척후는 얼마 지나지 않아서 돌아왔다.

"각하, 대장벽은 폐허일 뿐입니다. 그 너머에도 적이 없습니다."

"락시도 자작의 말이 증명됐군."

"황공하옵니다."

락시도는 고개를 숙였다.

변경백은 폭주하지 않았지만, 그럼에도 입가에 미소가 지어졌다.

그의 말이 증명되었다?

변경백이 함정으로 기어들어 갈 가능성이 높아졌다는 뜻이다.

"대장벽을 넘는다."

군대는 국경을 넘었다.

장벽 너머에서 국지전은 항상 있었지만, 대규모 침공은 오랜만이다.

반쯤 무너진 성벽에 말라비틀어진 사체가 널려 있었다.

다행히 날이 추워지고 있어 냄새는 심하지 않았다.

언데드로 추정되는 시체 밭을 지난 변경백은 드넓게 펼쳐진 평야 너머를 보며 이를 갈았다.

"말도르, 그 자식은 내가 직접 살을 발라 줄 것이다."

'역시 마음에 담아 두고 있었어.'

락시도 자작은 터져 나오는 웃음을 참느라 힘들었다.

파사이드 숲.

고작 5m 폭 숲길 양쪽에 허수아비들이 가득 설치되었다.

어설픈 천 쪼가리와 가죽 투구 흉내만 낸 더미.

가까이서 보면 애들 장난 같은 수준이지만, 거리를 두고 보면 최소 500명이 넘는 군대가 매복하고 있는 것처럼 보인다.

또한 아론 오라클 공작은 에리아에게 백 명의 병사를 맡겨 매복하고 있는 '척' 위장하게 했다.

"부장님, 정말 변경백이 이걸 확인하고 협곡으로 갈까요?"

"준비는 완벽하다."

에리아 경은 몇 번이나 확인했다.

자신이 척후라면 어디까지 접근할 것인지 계산하고, 멀리서 허수아비 상태를 확인한 것이다.

맑은 날에도 식별이 어렵겠지만 지금은 은근히 검은 안개까지 끼어 있었다.

누가 봐도 오라클 영지군이 매복하고 있다고 생각할 것이다.

어설픈 위장이 들통날까 싶어 실제 병력도 백 명 정도 배치하였으니 속을 수밖에 없다.

안전장치는 그뿐만이 아니었다.

"회개하고 여신의 군대가 되기로 맹세한 락시도 자작의 기만책도 준비되어 있지. 속을 수밖에."

"그의 배신은……."

"배신? 영원히 지옥에서 불타고 싶지 않다면 배신을 생각할 수 있을까?"

"그건 그렇군요."

특수 정보부 대원들은 에리아 경의 말을 간단히 납득했다.

제국 사신들도 죽은 자가 생환하는 장면을 봤다.

소문으로 들었으면 믿기 힘들 정도의 기적이었지만 직접 목격했으니 여신을 배신할 가능성은 희박했다.

'작전이 예정대로 전개되지 않으면 목숨을 걸어서라도 강행시킨다.'

에리아 미리엄은 독하게 마음을 먹었다.

아론 오라클 공작은 천국의 상급을 '자신의 위치에서 최선을 다하면 얻을 수 있는 것'이라고 설교했지만, 인간의 마음은 그리 간단하지 않다.

더 높은 자리까지 올라가고 싶은 욕구는, 대부분의 인간이 가지고 있는 매우 자연스런 감정이었다.

스슷.

외부로 정찰을 나갔던 대원 하나가 돌아와 보고했다.

"척후대가 옵니다."

"모르는 척해라."

"……발각이 되어야만 하는 임무라니. 이상한 감각이군요."

"쉿."

사사삭.

멀리서 수풀이 움직이는 소리가 났다.

척후는 매복(?)을 확인하고 급박하게 돌아섰다.

긴장하던 대원들은 맥 빠진 표정이었다.

"저것도 척후라니, 한심한 수준이군요."

"……모든 것은 주군의 뜻대로 이루어질 것이다."

미란다 협곡 땅굴.

이곳에만 천 명에 달하는 병력이 매복하고 있었다.

협곡 전방에는 말도르 경이 500의 병력으로 막고 있었으며, 협곡에서 얼마 떨어지지 않은 곳에 마이어 경이 500의 병력으로 대기 중에 있었다.

예비대는 600, 중갑 기병 300기 역시 대기 중이다.

숲에서 위장하고 있는 백 명의 병력까지 총 3천의 군대.

지금이 멸망 중인 세대이라는 점을 생각하면 가히 군단급의 규모라 할 것이다.

"주군, 척후가 옵니다."

특수 정보부 요원이 달려와 보고했다.

"제군도 여기서 대기한다."

"예."

땅굴 입구는 수풀로 위장되어 있었다.

발각될 가능성은 적지만 그래도 신중을 기해야 했다.

다들 마른침을 삼켰다.

긴장이 되는지 입술을 짓씹는 자도 있었다.

작전에 실패한다고 전쟁에서 패배하는 것은 아니었지만, 성공해야 큰 피해 없이 제국 영지를 흡수할 수 있는 것은 맞다.

피해가 많이 나오면 대영지를 경영할 수 있는 힘을 잃을 터.

피 튀기게 싸운 후 남 좋은 일만 시킬 수 있었으므로 모든 작전은 신중하게 진행돼야 한다.

방심은 금물인 것이다.

희미하게 보이는 틈으로 제국 척후병이 주변을 살피는 것이 보였다.

위장이 걸리지는 않은 듯했다.

유난히 바위가 많았으나 그 역시 위장해 두었다.

멀리서 보면 그냥 바위들이 박힌 것처럼 돌출되어 있었다.

통나무도 마찬가지였다.

애초에 협곡 위를 살피는 것은 교범에 가깝기에 정찰하는 것일 뿐, 빤히 보이는 위치에서 매복했다 생각하긴 힘들었다.

"돌아갔습니다."

"후우!"

"성공이군!"

병사들이 가슴을 쓸어내렸다.

스릴러 영화에 가까운 감정을 느낀 것은 아론도 마찬가지였다.

'어릴 때 하던 숨바꼭질보다 100배는 가슴 졸이는 느낌이었다.'

내색은 하지 않는다.

신을 대행하는 신성 군주가 긴장하는 모습을 보일 순 없었으니까.

아론은 밖으로 나와 직접 주변을 살피고 문제가 없다는 것을 확인한 후에야 병력 배치에 들어갔다.

병사들은 몇 번이나 훈련을 해 왔기에 일사불란하게 움직이며 자리로 돌아갔다.

"말도르 경에게 작전을 시행하라 지시하도록."

"예!"

이제 방점을 찍는다.

말도르 카브란 경이 출격해 쐐기를 박는 일만 남았다.

파사이드 숲 앞에서 심심하게 대기하던 말도르 카브란에게 전령이 도착했다.

"말도르 경! 적을 도발하라는 영주님의 명령입니다!"

"오오! 이제야 목청 좀 풀겠구나!"

말도르를 비롯한 성기사들이 움직였다.

성기사들은 자신들의 단장이 얼마나 적을 잘 도발할 수 있을 것인지 기대했다.

"단장님은 여신께 적을 도발할 수 있는 능력을 받았대."

"그런 능력도 내려 주시나?"

"소문이 그렇다더라고."

말도르의 성질은 영지 내에서 소문이 자자했다.

그런 인간이 성기사가 되었으니, 더러운 성질이 '은사'라고 표현할 수밖에 없었다.

휘하 성기사들의 생각이야 어쨌든 본인은 매우 신나 있었다.

'능력을 보일 때다.'

말도르가 받은 임무는 적을 숲으로 유인하는 '척' 하는 것.

대놓고 숲으로 유인하는 임무를 맡아 도리어 적을 협곡으로 몰아간다.

명령을 받은 그는 고심할 수밖에 없었다.

'너무 심하게 도발하면 눈깔이 뒤집혀 정말 숲으로 올 수 있지. 그래서는 안 된다.'

작전에 맞춰 도발의 수위를 조절하는 것은 전투보다 어려운 일이었다.

하지만 그는 삼류 용병 출신 병사들에게 특훈(?)을 받아

왔다.

개활지가 내려다보이는 야트막한 언덕 위.

말도르는 적이 보이는 곳에서 소리를 질렀다.

"변경백!"

그러자 적들이 멈춰 섰다.

화살을 쏘면 닿을 거리였기에, 긴장하고 있는 모습이 눈에 들어왔다.

그 가운데 변경백이 앞으로 걸어 나왔다.

그들의 거리는 150m 정도로, 더욱 가까워졌다.

"네놈은 사자인가?"

"그럴 리가! 나는 말도르 카브란. 성기사단장이다!"

"뭣이!?"

변경백의 눈동자가 흔들리기 시작했다.

"네놈이 성기사를 흉내 내는 망나니 기사렷다!?"

"흉내가 아니라 진짜다, 이 병신 새끼야! 악마에게 홀려 개호로 새끼로 각성한 바르다힌에게 고하노라! 지금이라도 꼬리를 내리고 짖는다면 넓은 아량으로 돼지우리에 던져주마! 화형에 처하는 것을 참는 것이니 영광인 줄 알아라!"

"……."

쌍욕을 박은 말도르는 그대로 돌아섰다.

충격을 받았는지 변경백의 몸이 굳었다.

성기사의 목소리가 길게 늘어지며 멀어져 갔다.

"하하하! 돼지도 동족은 안 먹나? 잘 모르겠는데?"
말도르는 낄낄거리며 시원하게 평야를 달렸다.
성기사들이 어처구니없다는 표정으로 그를 바라봤다.
"단장님, 아무리 그래도 대귀족인데 저속한 욕이 먹히겠습니까? 유치할 정도였습니다."
"그냥 약간만 열 받으라고 수위 조절을 한 거다. 제국이나 놈의 부모, 성적인 모욕을 할 수도 있지만, 그랬다가 저 단순한 놈이 정말 쫓아오면 어떻게 하나? 이건 위장이야, 위장."
그 뒤를 따르던 성기사들은 고개를 갸웃거렸다.
'위장이라고? 진심 같던데.'

모든 준비를 마친 아론은 조금씩 초조해지기 시작했다.
'이거 일 꼬인 거 아니야?'
지금쯤 적이 협곡에 들어왔어야 정상이다.
하지만 아직까지 아무런 반응이 없는 것이다.
"설마 바르다힌 이 멍청한 작자가 말도르 경에게 낚여 숲으로 향한 것은 아니겠지?"
"그럴 리가 있겠습니까? 생각이라는 것이 있다면 빤히 매복하고 있는 숲으로 가지는 않겠죠."
'바르다힌 변경백은 일종의 보너스다. 꽤 머리가 좋아 보이지만 성질이 급해 일을 망치기 일쑤지. 하지만 그 호구

력 때문에 오히려 일을 망치는 것 아니야?'

쌀쌀해지기 시작한 바람에도 식은땀이 흐르는 가운데 약간의 소란이 느껴졌다.

"오는 것 같습니다!"

"다행히 말도르 경에게 낚이지는 않았구나."

"적당히 멍청한 것이 천운이죠."

칼슨 경도 이제야 한숨을 내쉬었다.

말도르 경에게 적당히 하라 일러두긴 했지만, 삼류 용병들에게서 특훈까지 받은 그가 대귀족을 자극해 눈깔 뒤집히게 할 수도 있다는 생각이 들었다.

다행히 그런 일은 벌어지지 않았다.

아론의 신신당부가 먹힌 것이다.

[도발을 하되, 적당히 해야 한다. 괜히 그놈이 숲으로 가게 해서는 안 돼.]

[맡겨만 주십시오! 이 말도르 카브란, 식음을 전폐하고 수련하여 지금의 경지에 이르렀습니다! 반드시 작전을 성공시키겠습니다.]

쌍욕을 박는데 뭔 놈의 식음을 전폐하나 싶지만, 말도르 경은 진심이었다.

적을 단계별로 도발하기 위해 심층적으로 연구했다고 한다.

적은 협곡 입구까지 도달했다.

두두두!

그들이 빠르게 협곡을 관통하기 시작했다.

척후로 위험이 없다는 것을 파악했어도 협곡을 지난다는 자체가 군대를 운용하는 입장에선 큰 부담으로 다가왔기 때문이다.

적들이 함정의 사정권으로 접어들어 오는 순간.

차앙!

아론은 칼을 뽑아들고 외쳤다.

"신께서 함께하신다!"

"와아아아!"

준비된 함정이 떨어졌다.

이후의 상황은 눈에 선했다.

'끝났군.'

두두두두!

협곡 입구.

바르다힌 변경백은 화가 머리끝까지 치밀어 맹렬하게 말을 달리는 중이었다.

그런 변경백을 충신 락시도 자작이 만류했다.

"각하, 보병이 힘들어하고 있습니다. 협곡을 지나 적진에 들어가면 바로 전투를 해야 할지도 모르는데, 속도를 맞추시는 것이 어떻습니까?"

"후……. 경의 말이 맞다."

'잘 참았다.'

변경백은 스스로를 칭찬하여 보병과 속력을 맞추었다.

그는 지금 한계를 시험하는 중이었다.

군사학을 조금이라도 공부한 귀족이라면 적이 어떤 목적으로 도발하는지 알고 있었다.

말도르 카브란이 한 짓은 숲으로 병력을 끌어들이기 위한 저속한 기만책이었다.

돼지와 동급이라는 욕.

그 이외에도 삼류 용병이나 쓸 법한 도발에 잠시나마 흔들렸다는 것이 후회스러울 정도였다.

'반드시 도발의 대가를 치르게 될 것이다.'

그는 보병을 다그쳤다.

"협곡은 되도록 빨리 관통한다!"

"예!"

척후를 보내 적이 협곡에 매복되어 있지 않다는 것은 알고 있었다.

숲에 적이 기다리고 있다는 것도 확인했다.

이대로 협곡을 관통해 매복하고 있는 적을 친다면 왕국에서 공작을 참칭하고 있는 아론 오라클 따위야 순식간에 무너질 것이다.

"주군, 저는 후미에서 병력을 다그치겠습니다."
"그러도록."
"이랴!"
락시도 자작은 휘하의 기사 몇과 함께 빠르게 달렸다.
두두두두!
정말 맹렬한 기세다.
누가 쫓아오기라도 하듯 말을 몰아 달리는 것이다.
바르다힌 변경백은 락시도 자작을 보며 웃었다.
"협곡을 관통한다라……. 사실 금기시되는 일이긴 하지. 역사상 협곡을 지나다 무너진 군대가 어디 한둘인가? 허나 그렇기에 안전하다."
바르다힌은 스스로를 똑똑하다고 여겼다.
숲의 매복을 확인했고, 협곡 위가 비어 있다는 사실도 알았다.
아론 오라클은 전 병력을 숲에 몰아넣은 것이다.
하긴, 그런 변칙적인 수 외에는 제국군을 상대할 방법이 없었다.
쿠구구구구!
협곡에 병력이 들어왔을 때였다.
갑자기 협곡 한쪽이 무너질 듯 흔들렸다.
콰콰쾅!
집채만 한 바위들이 연달아 굴러떨어지며 아군을 짓이겼다.

"이건 무슨……."

퉁! 퉁퉁!

뿐만 아니다. 거대한 통나무들이 쏟아지며 아군을 쓸어 나가는 것이다.

바위가 협곡을 막았다.

지금 보니 후방에도 바위가 길을 막고 있었다.

바위와 통나무에 깔린 시신에서 핏물이 흘러나왔다.

곧 아비규환의 지옥이 펼쳐졌다.

비명 소리가 메아리치며 끔찍한 소음과 뒤섞였다.

완벽한 포위.

변경백의 심장이 바닥에 쿵 떨어지는 느낌이었다.

"끄아아악!"

"아아아악!"

충격에 빠져 있던 변경백이 곧 정신을 차렸다.

"병력을 추슬러라! 퇴각한다!"

"후방이 막혀 퇴각할 수 없습니다!"

"어떻게든 살아 나가야 한다!"

비명과 혼돈.

피비린내가 훅 치밀고 올라왔다.

여기까지만 해도 절망적이었지만, 협곡 위에서 휘파람 소리가 났다.

쐐애애액!

퍼어억!
변경백의 얼굴에 호위기사의 피가 튀었다.
화살이 목에 박히며 피를 뿜었던 것이다.
퍼버버벅!
하늘을 뒤덮은 검은 물체들.
화살은 아무런 저항도 없이 내리꽂혔다.
"이건……."
털썩.
변경백은 그 자리에 주저앉았다.
그가 할 수 있는 일은 없었다.
"설마 모든 것이 위장이었나?"
충격이 전신을 휘감았다.
숲에 적이 매복하고 있다는 것도, 협곡 위가 비어 있다는 것도 전부 위장이었다.
말도르 카브란이란 성기사가 나타나 어설프게 도발했던 것조차 기만술의 일종이었던 것이다.
"아아!"
검은 안개에 뒤섞인 절망.
지휘관의 그릇된 판단 하나로 전군이 무너졌다.

털썩.
협곡 입구.

아론의 발치에 바르다힌 변경백이 무릎 꿇려졌다.

그는 여전히 현실을 받아들이지 못한 듯했다.

제국에서 출발했을 때는 비옥한 오라클 영지를 모두 집어삼킬 수 있겠다는 생각이었을 터이다.

하지만 그는 실패했다.

아론의 기만술에 당했고, 철저한 준비에 무너졌다.

바르다힌이 퍼뜩 정신을 차리며 소리쳤다.

"네 이놈! 감히 제국의 귀족을 위협하고 살아남을······."

꽈직!

"케엑!"

말도르 경의 발차기가 놈의 안면을 강타했다.

변경백의 육중한 몸이 살짝 떠오르다 떨어지며 바닥을 굴렀다.

한때는 전장에서 고생하며 살았을지 몰라도, 제국의 위치가 공고해지면서 전쟁이 줄었다.

정신이 나약해지면 몸도 약해지는 법.

변경백이 받은 충격은 상상을 초월하는 것이었다.

후드득.

바닥에 누런 이빨이 널브러졌다.

그 사이로 피가 끊임없이 쏟아졌다.

한 대 맞고 나서야 변경백은 정신을 차렸다.

"이 병신 같은 새끼가 감히 누구에게 이빨을 드러내는

것이냐!"

"됐다."

"주군! 이런 놈은 살아 숨 쉬는 것이 민폐입니다. 당장 모가지를 잘라 창대에 꽂는 것이 어떻습니까? 그걸 가지고 가면 남아 있는 적들도 빠르게 항복하겠죠."

"히이익!"

바르다힌이 바지에 오줌을 지리며 바닥을 기었다.

놈이 아론의 다리를 잡으려 하자 말도르 경이 그의 손바닥에 검을 꽂았다.

퍼억!

"아아아악!"

"주군께 더 이상의 접근은 불허한다."

상황을 지켜보던 아론이 이제야 입을 열었다.

"목숨이 꽤 질긴 놈이군. 그 지옥 속에서 살아남다니. 죽은 줄 알았는데."

"살려 주십시오! 제가 잠시 악마에 홀렸습니다!"

"너는 제국 귀족으로서 긍지도 없나? 더 이상 귀족의 격을 떨어뜨리지 말고 순순히 죽어라."

"짖으라면 짖겠습니다! 멍! 멍!"

"하……! 이런 병신 같은……."

말도르 경을 시작으로 수많은 사람이 탄식했다.

항상 초인 같은 아론과 함께하다 보니 꼴불견으로 보였

던 것이다.

귀족은 소수다.

그중 제후는 손에 꼽을 정도였다.

대귀족은?

말할 것도 없다.

귀족이라면 패배를 인정하고 깔끔하게 목을 내주어도 시원치 않았는데, 개처럼 짖으니 역겹다는 생각마저 들었다.

아론도 못 볼 꼴을 봤다는 듯 고개를 흔들었다.

"내가 이런 놈과 싸웠다니. 전투에 참전한 것 자체가 치욕이다. 죽여라."

"자, 잠시! 정보가 있습니다!"

"정보? 무슨 정보?"

"신비……! 전설에 등장하는 신비 말입니다! 정보를 드리겠습니다!"

아론이 걸음을 뚝 멈추었다.

'그럼 말이 다르지.'

전설 아이템과 맞먹는 신비에 대한 정보라면 하루 정도 목숨을 연장해 줄 순 있을 것 같았다.

호구와의 전쟁이 막바지에 이르렀다.

물론, 아직 완전히 끝난 것은 아니다.

협곡에는 들어올 수 있는 병력에 한계가 있었으니까.

바르다힌 변경백은 나름 후방을 경계한다며 후발대 형식으로 1,500의 병력을 남겨 놓았다.

아론은 잔당을 쓸어버리기 위해 협곡 위에서 지휘했다.

'사기는 꺾었다.'

선발대로 갔던 병력이 전멸했다.

그걸 본 후발대의 심정은 어떨까?

병신 같은 군주라도 구심점이 사라지면 사기가 바닥에 처박힌다.

이제 완벽한 항복을 위해 쐐기를 박을 필요가 있었다.

펄럭!

노란 깃발이 올라가자 후방으로 빠져나갔던 락시도 자작이 변경백의 군대를 설득하기 시작했다.

"주군께서 잡히고 기병은 전멸했다! 적에게는 중갑 기병이 존재하니 여기서 싸우는 것은 무의미하다!"

웅성웅성.

예상대로의 반응이었다.

아론은 잔당을 토벌하기 위해 300기나 되는 중갑 기병을 준비하고 있었다.

적들이 충격에 빠져 있는 사이, 아군 보병이 그들을 얇게 포위하였는데, 중갑 기병의 존재 때문에 함부로 움직이지 못했다.

이 시대 중갑 기병은 공포 그 자체의 병종이다.

현대전에서도 보병이 무식하게 전차를 향해 돌격하지 않듯, 중세도 마찬가지였다.

 기병이 정면으로 들어와도 장창이 없다면 필패이며, 옆구리를 들이받히는 순간 끝장이다.

 아론이 보기에는 300기의 중갑 기병만으로도 적을 박살낼 수 있을 것 같았다.

 '병사는 한 명이라도 소중하니까.'

 굳이 이렇게까지 하는 이유는 피해를 최소화하기 위함이었다.

 협곡에서 죽은 자들까지는 어쩔 수 없다.

 그 정도는 없애야 적의 사기가 무너질 테니까.

 협곡 위에서는 500에 달하는 병사들이 하나같이 활을 들고 지상을 겨누는 중이다.

 다시 전투가 벌어지면 어떤 일이 발생할지는 적들도 충분히 예상할 수 있다.

 적 후발대는 락시도 자작의 말에 동의했다.

 "자작님! 우리는 살 수 있습니까?"

 이제 아론이 나서야 했다.

 답변을 위해 음성 확장기를 이미 설치하고 있었다.

 "신성 군주의 이름으로 약속한다."

 쨍그랑!

 항복하는 병사들이 줄을 이었다.

그들도 전쟁에서 패하면 어떻게 되는지 알고 있었지만, 신성 군주에게 항복하면 가혹한 통치는 없을 거라 생각했기 때문이다.

아론의 명성은 베론 왕국을 넘어 제국에도 미쳤다.

정확하게 말하면 첩자들이 소문을 낸 것이었지만.

'이래서 이미지가 중요해.'

아론이 잔혹한 군주였다면 쉽게 항복했을까?

그렇지 않을 것이다.

승자가 패자를 다룰 때, 노예로 만들어 버리는 것은 국룰(?)이다.

최소한 아론은 적을 노예로 만들지 않았다.

강제 노역형에 처하는 것은 노예와 다를 바가 없는 처사였지만, 그 형식에서 많은 차이가 있었다.

형량을 채우면 자유민이 되는 것과 평생 노예로 사는 것은 느낌이 다르다.

"항복해라! 신성 군주께서는 자비롭다. 그분은 여신의 가호를 받는 분이니 오히려 행운이라 할 것이다."

협곡 위에서 칼슨 경이 소리쳤다.

더 많은 병사가 항복했다.

그럼에도 멍청한 인간은 어디든 있기 마련이었다.

"우리는 제국군이다! 고작 왕국군 따위에 굴복하지 않는다! 검을 들어라!"

일부 기사들이 급발진하며 튀어 나갔다.

얼떨결에 그들에게 속한 병사들까지 나서며 후방을 뚫으려 했다.

숫자는 200명 정도.

아론이 혀를 차며 명령을 내렸다.

펄럭!

검은 기가 올라갔다.

언덕에서 대기하고 있던 중갑 기병이 달려가며 속력을 높였다.

최고 속도에 이른 기병대가 저항하는 적들의 옆구리를 들이받았다.

꽈직!

"끄아아악!"

"아아아악!"

저항군이 고기 조각처럼 갈려 나갔다.

적의 모든 보병이 밀집 대형을 이루어 방어해도 부족할 판에 그들은 대열조차 제대로 정비하지 않았다.

말 그대로 발악하는 것에 불과했기에 군대가 가지는 최고의 이점인 '밀집'이 선행되지 않았다.

결과는 뻔했다.

단 한 번의 충돌로 박살 났다.

대기하고 있던 보병이 투입되어 그들을 체포했다.

"반항하는 자들은 따로 분리하라. 처벌을 강하게 할 것이다."

"예!"

변경백의 병력이 오라에 줄줄이 엮였다.

반항하면 어떤 꼴이 되었는지 보았기에 다들 협조적이었다.

전쟁은 끝났다.

어수선한 분위기였지만 하루 정도 지나면 적들도 정신을 차릴 것이다.

귀부를 권유하는 연설은 내일 해도 충분했다.

아론이 전선을 마무리하고 있을 때, 에리아 경이 올라와 보고했다.

"주군! 심문실이 준비되었습니다!"

바르다힌 변경백이 입을 열 준비가 끝났다는 뜻이다.

"모든 정보를 털어 낸다. 신비와 관련된 정보는 물론이고 비밀 창고는 있는지, 기밀에 속하는 정보가 있는지 말이야."

"맡겨 주십시오!"

전투가 끝났으니 과실을 따야 할 때다.

심문실 앞.

에리아 미리엄은 철저한 선별을 거쳐 전문가를 뽑았다.

심문실은 협곡에서 조금 떨어진 평야에 설치되었다.

심문은 내일까지 끝내야 한다.

그 시간이면 전후 처리가 끝날 것 같았기 때문이다.

에리아는 이번이 매우 중요한 분기점이라는 사실을 깨달았다.

이건 기회였다.

요원들도 그 사실을 잘 알고 있었다.

"다들 느끼고 있을 거야. 최대한 많은 정보를 뽑아야 조직이 확대된다."

"……."

"우리는 요인 암살, 정보 수집, 적진 침투 등 특수한 작전을 다루고 있지. 하지만 핵심 세력으로는 떠오르지 못했다. 성기사단을 보도록. 얼마나 화려하게 데뷔했는지."

"이번에 성공하면 승진할 수 있습니까?"

"승진만? 곧 왕국이 건설될 거야. 핵심 세력이 되어야 지원을 많이 받고 더 높은 곳까지 올라갈 수 있다. 우리 같은 초창기 멤버들은 상상할 수 없는 권력을 손에 넣게 되겠지."

요원들의 눈동자가 흔들렸다.

권력을 향한 욕망.

다분히 세속적인 감정이었다.

죄책감이 드는 것은 어쩔 수 없었다.

"여신께서는 분명 자신이 맡은 일에 최선을 다하라고……."

"이게 최선을 다하는 거겠지."

요원들이 고개를 끄덕였다.

나랏일이라는 것이 그랬다.

관료가 됐으면 열심히 일해야 한다.

성과를 내면 승진하고 자연스럽게 권력이 쥐어지는 법이다.

여신의 뜻에 반하는 행동이 아니다.

"최선을 다하겠습니다!"

요원들의 눈빛이 변했다.

에리아는 만족스런 얼굴로 고개를 끄덕였다.

'천국의 상급만이 동기가 아니다. 현실에서 권력을 쥘 수 있다는 자극을 심어 주면 더 열심히 하기 마련이지.'

심지어 그 일이 천국의 상급과 일맥상통한다면?

광적으로 일할 수밖에 없는 것이다.

펄럭!

각오를 마친 그들은 심문실로 들어왔다.

변경백은 의자에 결박되어 있었다.

핏자국과 먼지를 뒤집어써 고위 귀족으로는 보이지 않았다.

갑옷마저 해체됐기에 더욱 그리 보이는지도 몰랐다.

변경백이 에리아를 보자마자 외쳤다.

"아는 것을 모두 불겠습니다! 부디 목숨만 살려 주십시오!"

"불어 봐."

"그 전에 살려 주겠다고 약속하실 수 있습니까?"

에리아가 곤란한 표정을 지었다.

목숨을 살려 준다?

제국의 대귀족을 살려 주면 문제가 커진다.

여신의 세력이 거짓말을 할 수도 없는 노릇 아닌가.

'살려 준다고 해 놓고 그냥 입을 뭉개 버려?'

주군에게만 들어가지 않으면 되는 문제 아닐까?

그녀는 상당히 갈등했다.

하지만 고개를 작게 흔들었다.

거짓으로 미끼를 던지고 정보를 뽑아내면 추후 문제가 발생할 수 있었다.

"일단 좀 맞자."

전쟁이 끝난 후, 아론은 전후 처리에 들어갔다.

협곡에 널브러져 있는 시신을 수습하고 부상자는 치료했다.

전리품을 수거하는 것도 일이었다.

저녁 무렵이 되자 겨우 1차 보고가 올라왔다.

"주군, 아군의 사망자는 6명이며 중상이 14명입니다. 나머지는 경상자라 치료 후 복귀할 수 있습니다."

마이어 경의 말에 아론은 눈살을 찌푸렸다.

완벽하게 이긴 전쟁이었다.

중상자는 몰라도 사망자가 나왔다니?

"사망자는 왜?"

"아무래도 전문 중갑 기병이 아니다 보니 낙마하여 사고가 났습니다."

"안타까운 일이군."

"훈련만이 살길이겠지요."

아론은 중갑 기병의 숫자를 100명에서 300명으로 늘렸다.

각 세력에서 기병으로 있던 자들을 엄선해 중갑 기병으로 만들었는데, 이 역시 완벽한 것은 아니었다.

기본적으로 기병은 엄청난 체력을 요구했지만, 중갑 기병은 한술 더 떴다.

"변경백 측 사상자는 집계됐나."

"총 3천의 병력 중 사망 1,600명 정도입니다. 그 안에 중상자도 포함되어 있습니다."

"나머지 1,400명은?"

"1,200명은 귀부하겠다고 했고, 나머지는 군을 떠나겠답니다."

"노역형에 처할 텐데."

"상관없다고 합니다."

"쯧."

아론은 혀를 찼다.

제국인 자존심이 아직도 남아 있어 변방 영주에게 고개 숙이지는 않겠다는 뜻이다.

생각 같아서는 다 죽여 버리고 싶었지만, 그래서는 안 된다.

노역형에 처해진 죄인은 많은 것이 아니었으니까.

굳이 노동을 하겠다면 형량을 세게 때려 한 10년 광산에 처박아야 할 것 같다.

선택의 문제가 아니다.

그래야 귀부한 병사들이 더 열심히 일할 테니까.

"전리품 수거를 계속하고, 아군의 시신은 모아 장례를 준비하도록."

"예, 주군."

"병사들은 쉬게 해라. 내일부터는 국경을 넘어 변경백령으로 진군한다."

"명을 받듭니다."

마이어 경이 나가자 에리아 경이 들어왔다.

그녀의 주먹은 피투성이였다.

심문(?)을 하는 과정에 다소 피가 튄 것 같았다.

쿵!

에리아 경은 아론을 보자마자 무릎을 꿇고 머리를 땅에 박았다.

"죄송합니다, 주군! 놈이 도저히 입을 열지 않습니다."

"개처럼 짖던 놈이다. 그 정도로 담력이 강해 보이진 않았는데."

"목숨에 관련한 일이라면 뭐든 할 수 있는 것으로 보입니다. 하지만 생존을 보장하지 않으면 그 어떤 정보도 뱉을 수 없답니다."

"그런가."

목숨에 대한 애착이 아주 강한 놈이었다.

살기 위해서라면 뭐든 하는 타입이랄까.

대귀족의 자존심을 버리고 바닥을 기어 다니며 살려 달라 빌던 인간이 뭐든 못 할까.

"이대로 가면 죽을 수도 있을 것 같아 주군께 작전 허가를 받으려 합니다."

"대안이 있나."

"명색이 여신을 모시는 저희가 적이라 할지라도 정보를 캐기 위해 거짓 약속을 할 수는 없습니다."

"안다. 하지만 그 어떤 경우라도 변경백은 살려 둘 수 없다."

"직접 죽이지만 않으면 됩니다. 살려 주기는 하되, 몬스터가 지천인 금역에 버리면 죽을 수밖에 없을 겁니다."

'호오.'

아론이 눈을 번쩍 떴다.

사실, 체면만 아니면 거짓말이든 뭐든 해서 정보를 뽑았을 것이다.

에리아 경이 심문 과정에서 거짓말을 하더라도 충분히 넘어갈 수 있다.

하지만 그녀는 아론이 신성 군주라는 이유 때문에 거짓말하기를 꺼렸다.

'차도살인계'

좋은 방법이다.

에리아 경은 아론이 거절할까 싶어 긴장했다.

"여신의 땅을 짓밟으려 했던 죄인이다. 그 정도 형벌은 되어야 악인에 걸맞은 최후라 할 수 있겠지."

"최선을 다하겠습니다!"

에리아 경은 미소를 숨기지 않았다.

주군의 허락이 떨어졌으니, 모든 정보를 탈탈 털어 낼 수 있다.

피비린내가 진동하는 심문실.

이만하면 고문에 가까웠다.

에리아를 포함, 세 명의 심문관이 돌아가며 바르다힌을 쥐어 팼으니까.

놈의 상태는 심각했다.

얼굴은 완전히 뭉개지고 이빨과 손톱, 발톱이 죄다 뽑혔다.

상처 위에 소금을 뿌리고 인두로 지져도 요지부동이었다.

교단에서 파견된 신관이 치료하지 않았다면 과다 출혈로 죽었을 것이다.

"독한 놈."

"끄으……. 나는 살려 달라는 것뿐이다."

"어떤 형식이라도 상관없나?"

"사지 멀쩡하게 살아만 남으면 돼."

에리아와 심문관들은 생존을 위한 의지에 혀를 내둘렀다.

이쯤 되자 의문이 들었다.

"전쟁을 각오했다면 죽음 역시 무릅쓴 것이 아니었나?"

"내가 왜? 세상에 패배할 것을 생각하고 전쟁을 하는 인간이 어디 있나."

"미친놈이군."

"생존은 본능이야. 괜히 이상한 사람으로 매도하지 말도록."

"살 수 있다면 무슨 짓이라도 하겠나."

"그 무엇이라도!"

에리아는 고개를 끄덕였다.

바르다힌 변경백은 살기 위해 개처럼 짖었다.

귀족의 자존심을 내려놓을 정도면 정말 무슨 짓이라도 할 것이다.

'역시 죽이는 것이 답이야. 어떻게든 주군을 괴롭힐 녀석이다.'

"주군의 허락을 받아 냈다."

"……!"

"네가 아는 것을 모두 분다면 살려 줄 것이다. 허나 조금이라도 정보에 오류가 있다면 죽을 것이야."

"정말……인가?"

"내가 왜 이렇게까지 고문했을까. 신을 모시는 자로서 거짓을 입에 담을 수 없기 때문이다. 정보부에 몸을 담았다고 하나, 고문을 즐기는 미친년은 아니다."

바르다힌의 눈동자가 순식간에 변했다.

"사, 살려만 주신다면 뭐든 하겠습니다!"

"약속은 지켜질 것이다."

"불겠습니다."

살려 주겠다는 약속을 하자 그는 아낌없이 정보를 불기 시작했다.

그 놀라운 태도 변화에 심문관들은 어처구니가 없을 지경이었다.

동시에 같은 생각을 했다.

'이 미친 인간은 살아남기 위해서라면 영혼이라도 팔 놈이다.'

아론은 전쟁터에서 하루를 보냈다.

늦게까지 전후 처리가 이루어졌으며 밤에는 간단하게 장례식도 주관했다.

신성 군주는 정치 관련 예식뿐만 아니라 종교 예식도 주도해야 했으니, 이런 일이 발생하면 가장 먼저 혹사당한다.

그건 어쩔 수가 없는 일이다.

'다른 문명을 선택했다면 도저히 버텨 낼 수 없었겠지.'

오랜 경험으로 체득한 일이다.

클리어를 위해 오늘도 완벽한 신성 군주가 되어야 했다.

"주군."

"에리아 경."

아론은 찻잔을 내려놨다.

그녀는 종이 뭉치를 잔뜩 들고 왔다.

어제와 달리 말끔한 모습이었다.

심문을 위해 밤을 새운 모양이었지만, 고문한 흔적은 보이지 않았다.

"정보는 털어 냈나?"

"살려 준다고 하니 정말 술술 다 불었습니다."

"거짓 정보일 가능성은?"

"희박하다고 생각합니다. 놈은 노동형을 받아 복역할 것이라 예상합니다. 언제든 정보가 다르면 죽을 수 있다고 협박했으니, 죽기 싫어서라도 진실을 말했을 테죠."

"생존에 대한 본능이 남다른 인간이군."

"저도 그리 생각합니다."

바르다힌 변경백은 매우 특이한 성향의 인물이다.

현대인인 아론은 당연히 생존을 위해 뭐든 할 수 있지만, 이 시대 대귀족이 그럴 줄은 정말 몰랐다.

중세 귀족들은 자신의 목숨보다 가문을 우선시하기 마련이었다.

전쟁에 나갈 때는 죽음을 각오한다.

예전 같으면 포로로 잡혀도 몸값을 받고 풀려나겠지만, 세상이 망해 가는 지금은 전쟁에서 전부를 걸어야 한다.

변경백이 패하는 순간, 깔끔하게 죽을 거라 생각했는데 예상이 빗나갔다.

정보를 뽑아냈으니 그걸로 만족이었다.

촤륵.

아론은 그녀가 건네준 서류를 대충 넘겨봤다.

[변경백령 북쪽 늪지에 숨겨진 신비.]
[바르다힌 가문의 재산 내역.]
[비밀 창고에 대해.]
[제국 세력도.]

"허."

넓게 보면 4개의 파트였다.

신비가 숨겨져 있다는 '죽음의 늪'에 대한 이야기가 가장 눈에 먼저 들어왔지만, 나머지 정보도 상당한 값어치가 있었다.

특히 유형의 가치를 가진 재산은 쓸모가 많은 것이다.

제국의 세력도도 마찬가지였다.

이대로 시간이 흐르면 대부분이 멸망하거나 대형 세력만 남게 되지만, 대귀족이 분석한 세력도가 있으면 신성 왕국을 경영하는데 많은 도움이 될 터였다.

"고생했다."

"아닙니다. 주군께서 양심의 훼손을 각오하신 덕분에 정보를 얻을 수 있었습니다."

"양심의 훼손이 아니다. 여신의 땅을 지키지 위해 행했으니 위대한 일이라고 생각한다. 경은 천국의 상급뿐만이 아니라 신성 왕국 건설을 위한 공로를 쌓은 것이야."

에리아 경의 눈동자가 사정없이 흔들렸다.

위로 올라가고자 하는 인간의 본능.

아론은 그 욕망을 자극했던 것이다.

앞으로도 특수 정보부는 오라클 영지를 위해 빡센 활동을 이어 갈 것이다.

제10장
여신의 이름으로

보고를 받고 난 후 아론은 에리아 경과 함께 병영을 거닐었다.
  '분위기는 나쁘지 않다.'
  해가 뜨기 시작하자 병사들은 바쁘게 하루를 준비하고 있었다.
  대지가 은근히 냉기를 머금고 있기에, 곳곳에 모닥불을 피우고 몸을 녹이는 모습이 눈에 들어왔다.
  창과 방패, 검을 손질하는 병사들도 보였다.
  취사병은 아침을 준비하기 위해 분주했다.
  스프 냄새가 은근하게 퍼지고 있었다.
  취식을 위해 움직이는 병사들의 얼굴을 보면 평화롭게 보이기까지 했다.

웅성웅성.

아론은 식판을 받아 배식 줄에 섰다.

"여, 영주님?"

"모두 고생이 많다."

"어찌하여 저희 같은 것들과 함께 식사를 하려 하십니까?"

"다 같은 여신의 백성 아니겠나."

일종의 호감도(?) 작업이다.

군주가 일개 병사와 함께 식사하고 전장에서 구른다는 것.

생각이라는 것이 머리에 박혀 있는 지휘관이라면 병사들과 거리감을 줄이려 노력했다.

디펜스 워에서도 적용되는 퍼포먼스였다.

아론이 병사들과 섞여 식사는 것에는 다른 이유가 또 있었다.

"소문이 사실이었어. 천사가 지상에 내려왔다고 하더니."

"놀라운 일이야."

귀부한 병사들을 위해서다.

아론에 대해서는 소문이 무성했다.

[죽은 자들이 여신의 기적으로 살아 돌아왔다.]

[여신께서 선포하신 땅에는 마물이 침범할 수 없다더라.]

[신계에서 천사를 내려 보내시고 직접 신과 소통하게 하셨다.]

귀부한 병사들은 당연히 소문을 믿지 않았다.

세상에 죽은 자가 어떻게 생환한다는 말인가?

아론 같아도 소문만으로는 믿기 힘들었을 것이다.

그래서 천사 펫과 함께 병영을 돌아다녔다.

'반란의 가능성을 제로로 만들 수 있다면 이보다 더한 일도 할 수 있지.'

아론은 에리아 경과 함께 자리를 잡고 식사했다.

"배식 상태가 나쁘지 않군."

"빵이 딱딱한 것은 전장에서 구울 수 없으니 당연하지만, 스프에 각종 야채와 고기를 듬뿍 넣을 수 있도록 배려하고 있습니다."

"다른 문제는 없나?"

이번에는 에리아 경이 아닌 병사들을 바라봤다.

가장 낮은 곳에서 고충을 묻는 군주를 보면, 저절로 충성심이 생길 수밖에 없다.

"세상이 멸망해 가는 가운데 이만큼 신경을 써 주시는 것도 어려운 일이라고 생각합니다!"

"고충이 있다면 기탄없이 말하도록. 언제나 지휘관 막사는 열려 있다."

"예, 영주님!"

아론의 모습에 바르다힌 출신 병사들은 충격을 받았다.

'적에게는 사신이지만, 백성이 되면 천사라는 말이 맞았어.'

'하긴, 같은 여신의 백성이라면 적대할 이유가 없기는 해.'

말하지 않아도 느낄 수 있었다.

여기저기서 쏟아지는 강렬한 눈빛.

대가를 지급할 수 없는 상황이라면 신앙과 인간미로 밀고 나가야 한다.

"다들 조금만 고생하자. 내년 봄이 되면 정상적으로 수당이 지급될 것이다."

"예, 영주님!"

아론은 묵묵하게 식사를 한 후, 병영을 한 시간 동안 돌았다.

크지 않은 병영이었기에 병사들은 천사 펫의 모습을 모두 확인할 수 있었다.

소기의 목적을 달성한 것이다.

출정은 오후로 잡혀 있었다.

점심 식사를 마친 후 출발해, 해가 떨어지기 전에 본령에 도착하기로 예정되어 있어 다들 여유를 부렸다.

딱히 급한 일이 없기도 했다.

어제 전투를 하느라 피로했기에 다음 전투를 위해 체력을 비축해야 한다.

'무혈입성이 가장 좋긴 한데.'

지금부터는 미지의 영역이었다.

디펜스 워에서는 이런 식으로 첩자를 박을 생각은 못 했다.

초반에 첩자를 보내거나 치열한 정보전을 벌이는 시스템 자체가 없었기 때문이다.

오라클 영지의 상태는 게임의 영역에서 조금씩 비켜 가고 있었으므로 아론도 정확하게는 미래를 예상할 수 없었다.

펄럭!

아론은 변경백이 감금된 막사를 열어젖혔다.

아라튼 바르다힌.

살기 위해 무슨 짓이든 하는 인간이다.

게임 속에서도 그 성향은 느낄 수 있었지만, 이 정도로 의지가 강한 줄은 몰랐다.

놈은 아론을 발견하자 개처럼 기어 왔다.

"위대하신 군주를 뵙습니다!"

"……."

"가까이 오지 마라. 소름 돋는다."

"예, 예! 그래야지요."

변경백은 무릎을 꿇고 머리를 바닥에 처박았다.

"약속은 이행될 것이다."

"가, 감사합니다!"

"그게 감사한 일인가? 너는 살아남기 위해 귀족의 자존심을 버렸다. 아무리 망가진 세상이라곤 하나, 이건 아니지 않나?"

"자존심이 목숨을 연명시켜 주지는 않습니다."

"하……. 더 이상의 대화가 불필요하군. 끌고 가라!"

"예!"

변경백의 머리에 보자기를 씌웠다.

대외적으로 변경백은 죽은 것으로 알려졌다.

심문실은 병사들의 출입이 엄금되어 지휘관급 기사가 심문을 받고 있다고 다들 알고 있었다.

놈이 살아 있다는 것이 알려져 좋을 게 없기 때문이다.

"그럼 또 뵙겠습니다!"

변경백은 설마 자신이 사지로 끌려가고 있다고는 생각지 않았다.

그걸 알았다면 저렇게 발걸음이 가벼울 수 없다.

"퉤!"

아론은 놈이 나간 자리에 침을 뱉었다.

그가 보기에 변경백은 영혼까지 포기한 놈이었다.

사람은 살아남기 위해 무슨 짓이든 한다지만, 중세의 특성을 생각하면 말도 안 되는 일이다.

"어차피 뒈질 놈이니 생각을 말자."

변경백의 처벌을 집행하는 일은 에리아 경이 맡았다.

밤을 새워 가며 심문했지만 이런 명예도 모르는 놈을 처벌한다는 생각에 피곤하지 않았다.

'드디어 이 쓰레기를 치울 수 있겠군.'

놈에게 정보를 뜯어내다 보니 인간의 밑바닥을 확인할 수 있었다.

귀족의 모든 자긍심을 버리는 것.

더 나아가 인간으로서 긍지조차 버리는 놈이었다.

이제 그 꼴을 보지 않아도 된다.

"지금 어디로 데려가는 겁니까?"

"당장 목을 치지 않은 것만으로도 감사한 줄 알아라. 주군께서 약속하셨으니 약속은 지킨다."

"예, 예."

변경백은 입을 다물었다.

그는 지금 독한 마음으로 미래를 설계하고 있었다.

'복수는 10년을 걸려서라도 이룬다. 지금은 살아남는 것이 우선이야. 아마 광산 노동자로 가는 것이겠지. 그곳에서 반란의 씨앗을 틔운다.'

으득!

변경백은 이를 갈았다.

그가 생각에 잠겨 있는 동안 말이 멈추었다.

툭. 투둑.

오라가 풀리고 보자기가 벗겨졌다.

"……."

음산한 기운이 깔려 있는 숲.

검은 안개가 짙었다.

변경백 역시 영지를 운영해 왔기에 안개의 정체를 알았다.

"몬스터 상습 출몰지!?"

"약속 지켰다."

"아니, 잠시만……."

퍼억!

그는 숲 한복판에 내동댕이쳐졌다.

"크르르."

"꾸에에엑!"

"사, 살려 주세요!"

사방에서 언데드가 몰려들었다.

놈을 여기에 버리는 이유가 있었다.

에리아는 자신과 병사들의 안전을 최우선으로 고려했다.

다른 몬스터가 우글거리는 지역은 빠져나오지 못할 가능성이 있었지만, 하급 언데드 출몰지는 그렇지 않다.

전투마를 타고 있는 이상, 쉽게 돌파할 수 있는 것이다.

"가자!"

"예!"

변경백에게 언데드가 몰려들었다.

퍼억!

"커억!"

공격력은 그리 강하지 않다.

문제는 무기가 없다는 것.

수십 마리의 언데드가 몰려들자 이리저리 두드려 맞다 사지가 찢겼다.

"끄아아아악! 이 씨발 새끼들! 죽어서도 저주하겠다……!"

차츰 비명이 잦아들었다.

언데드에 의해 시신조차 남지 않았던 것이다.

에리아는 메아리치는 저주를 들으며 코웃음 쳤다.

"한낱 인간의 저주 따위가 먹힐까. 우리는 여신의 군대다."

점심 식사를 마친 정오.

가능하면 해가 떨어지기 전까지 바르다힌 영지 본령에 닿아야 하기에 식사를 서두르게 했다.

야영지가 정리되고 병력은 도열을 마쳤다.

군대의 사기는 드높았다.

비록 귀부한 병사들은 혼란스러워하는 중이었지만, 그들을 움직이는데 큰 무리가 없을 것이다.

저벅. 저벅.

아론은 지대가 높은 바위에 섰다.

바르다힌 출신 병사들은 의심을 하다가도 천사의 모습을 보며 마음을 다잡았다.

"지휘관들에게 묻겠다."

"예!"

바르다힌 영지 지휘관들이 앞으로 나왔다.

어제 전투에서 변경백을 따르던 기사들은 대부분 사망했다.

끝까지 귀부를 거부하는 자들의 목은 날려 버렸기에 태도가 깍듯했다.

"충성을 맹세하겠나?"

"맹세하겠습니다!"

"이유는?"

"지금 일어나고 있는 일들은 모두 여신의 뜻에 의한 것. 여신을 위해 검을 들겠나이다."

아론이 고개를 끄덕였다.

이만하면 정신 교육은 잘됐다.

'락시도 자작의 역할이 컸지.'

기사들을 설득한 것이 바로 락시도 자작이었다.

그를 포함한 몇 명의 기사들이 간증(?)한 결과다.

[기적을 두 눈으로 목도하고서 여신을 배신한다는 것은 지옥에 떨어질 일이다. 경들은 지옥에서 영원히 썩으려 하나?]

[믿을 수가 있어야지요.]
[공작이 천사를 데리고 다니는 모습을 못 봤다는 말인가? 멀리 갈 필요도 없이 하늘을 보게. 여신께서 보호하시는 땅이라고 대놓고 못을 박으셨는데, 믿지 못하면 그냥 지옥에 가야지.]

반강제나 다름없는 설득이었다.
갈팡질팡하던 기사들은 그 꿈에 넘어갔다.
이번에는 병사들의 차례였다.
"제군들에게 묻겠다. 그대들은 어찌할 생각인가?"
"여신의 검이 되어 싸우겠습니다!"
모두 무릎을 꿇었다.
의심 없이 아론을 따르는 것처럼 보였다.
하지만 아론은 그걸 100% 믿을 만큼 순진하지 않았다.
'긴가민가하겠지.'
상관없다.
지금의 상황에 의구심을 갖는다는 자체가 반쯤 넘어왔다는 뜻이다.
오라클 영지군과 뒤섞여 구르다 보면 자연스럽게 물들 것이니 반란이 일어날 가능성은 적었다.
"진군한다!"

병력은 속보로 움직였다.

총 4천이 넘어가는 대군.

변경백령의 군대는 1,200명만 흡수했다.

나머지는 광산 노역을 하겠다는데 말릴 수가 없었다.

그래도 엄청난 군세다.

변경백령을 완전히 흡수하고 나면 운용할 수 있는 군대만 6천이 넘어간다.

예상보다 적지만, 지금과 같은 시대에서는 엄청난 숫자라는 사실을 부정할 수 없다.

안정적으로 병력을 늘리기 위해서는 피해 없이 바르다힌 영지를 흡수하는 것이 중요했다.

'속전속결이 답인데.'

바르다힌 영지를 점령하는 자체가 여신의 뜻이라고 홍보했기에 최대한 적은 피해로 점령해야 한다.

몇 가지 생각나는 전략은 있었지만, 기본적인 피해는 각오해야 한다.

병력의 피해가 500명이 넘어가면 큰 손해다.

"주군!"

아론이 생각에 잠겨 있을 때, 락시도 자작이 다가왔다.

타 세력의 귀족이면서 광신도의 특성을 가진 자.

이번에 그의 활약은 눈부셨다.

좋은 인재였기에 아론의 목소리는 부드러웠다.

"락시도 자작, 무슨 일인가."

"정면 돌파를 감행하면 피해가 크지 않겠습니까?"

"그럴 것이다."

"하여, 제가 병력을 이끌고 패잔병인 척 들어가겠습니다."

"성문을 열겠다는 건가?"

"들어가서 설득해 보고 안 되면 무력을 동원해야겠지요."

'그럼 개꿀이지.'

아론은 속으로 쾌재를 불렀지만, 겉으로는 내색하지 않았다.

잠시 생각하는 척하다 고개를 끄덕였다.

"나쁘지 않은 계책이다. 피해는 최대한 줄이는 편이 좋겠지. 그들도 여신의 백성이다."

"배려에 감사드립니다!"

한시름 놓았다.

공성전을 하다 피해가 누적되면 어쩌나 싶었는데, 락시도 자작이 상당히 좋은 전략을 제시한 것이다.

'자작에게 이런 면이 있었나? 잘 키워서 써먹어야겠군.'

아론은 바르다힌 본령을 30분 정도 앞둔 초원에서 휴식했다.

곧 전투를 벌여야 할지도 모른다.

속보로 이동해 왔지만 오랜 시간 행군으로 지쳤을 테니, 체력을 회복하는 것이 무엇보다 중요했다.

신성 보호막이 검은 안개를 밀어 올리며 간간히 태양이 비쳤다.

푸른 잡초와 죽어 가는 풀이 섞인 초지.

해가 지기 전이라 아직은 춥지 않았다.

다들 땀을 식히는 가운데 아론도 기사들과 함께 쉬었다.

"앞으로 혼란스런 정세가 펼쳐질 겁니다."

에리아 경의 분석이었다.

기사들은 고개를 끄덕였다.

지금까지 제후들은 각자도생하기 바빴다.

주변 영지를 흡수해 성장하는 대영주도 분명 있었지만, 기본적으로는 먹고살 걱정을 해도 부족했다.

하지만 베른 왕국 북부와 제국의 영지까지 침범한 거대 세력이 나타나면 어떨까.

촉각을 곤두세우고 견제할 것이다.

그럼에도 아론은 오랜 경험에 입각해 당장은 문제가 없을 거라고 봤다.

"지금은 괜찮다."

"그렇습니까?"

"문제의 가능성은 있으나 우리가 내실을 다질 시간은 충분해. 검은 안개가 낀 지역에는 몬스터가 돌아다닌다. 그곳을 뚫고 오려면 엄청난 각오를 해야 하지. 식량도 부족한 판국에 전쟁? 내년은 되어야 할 거야."

"과연, 군대를 움직이려면 식량이 필요하죠. 이해했습니다."

"버티면 좋은 날이 온다. 적들이 식량을 확보한다면 우리라고 가만있지 않을 테니."

"우리가 더 많은 식량을 확보할 테니, 유리한 위치에 있을 수 있겠습니다."

"도전이 들어온다면 부술 뿐이다."

"예, 주군."

아론은 차라리 많은 제후가 도전해 왔으면 좋겠다고 생각했다.

여신을 들먹이는 것도 한계가 있었으니 좋은 명분이 될 것이다.

잠시 숨을 돌린 아론이 자리에서 일어났다.

해가 지기 전에 입성해야 한다.

여기부터는 신성 보호막을 벗어난 지역이었기에 밤이 되는 순간, 인간이 아닌 마물의 거센 공격을 받을 수 있었다.

괜히 병력이 손실되는 것은 용납할 수 없다.

"출발한다."

본령까지 1km를 남겨 놓은 지점.

아론은 병력을 언덕 뒤에 엄폐했다.

해가 지고 있었기에 척후병도 돌아다니지 않았다.

이 시대를 살아가고 있는 사람들이라면 모두 알고 있는 것이다.

밤에 돌아다니는 것은 금기라는 사실을.

언덕 위에 올라 본령을 내려다봤다.

'국경은 텅텅 비어 있었지. 변경백도 나름 고심해서 쓸모없는 영토를 포기했을 것이다. 병력 부족 때문에 여러 지역을 지킬 수 없었을 테니.'

인구와 병력이 대폭 감소한 상황에 굳이 모든 땅을 지키려 하는 것은 하책이다.

아론이 요지만 관리하고 나머지는 방치했던 것처럼, 모든 영주들이 그런 선택을 했다.

여기까지 오는 동안 요새와 마을이 텅텅 비어 있었던 것만 봐도 그랬다.

변경백은 나름대로 모든 백성을 살리기 위해 본령에 인구를 밀어 넣었다.

본령만큼은 예전처럼 북적거릴 것이다.

성벽 위에 병력도 꽤 배치된 모습이 보였다.

"락시도 자작."

"예, 주군."

"병력 500을 주겠다. 가능하면 책임자를 설득하라. 유혈 사태가 일어나 봐야 의미 없다."

"명심하겠습니다."

무혈입성이 베스트였다.

그게 안 되면 성문을 열어 중갑 기병을 먼저 들이미는 것이다.

안팎에서 전투가 벌어진다면 적은 결코 버텨 낼 수 없다.

'적을 설득하는데 실패하면 500명까지는 손실을 각오한다.'

그마저도 뼈아프지만 저만한 성을 점령하는데 희생은 필요한 법이다.

군주란 어려운 결정을 내려야 하는 존재이기에, 아론은 망설임 없이 명령했다.

"출발하라."

"실망시켜 드리지 않을 것입니다."

락시도 자작을 비롯한 군대가 성벽으로 접근했다.

이제 지켜보는 일만 남았다.

바르다힌 영지 본령.

이곳에는 1천의 병력이 주둔하고 있었다.

변경백은 본령을 나서면서 크림슨 남작에게 신신당부했다.

[본대가 빠져나갔다는 것이 알려지면 주변 제후들이 허튼 마음을 먹을 수 있다. 어떤 일이 있어도 본령만큼은 사수하라.]

[반드시 지켜 내겠습니다.]

[믿는다.]

변경백이 국경을 넘어 원정하는 동안 영지를 철통같이 방어하는 것이 임무였다.

지금까지는 별다른 문제가 없었다.

정보를 철저하게 통제하기도 했고, 이런 시대에 타 영지와 교류하는 것은 매우 어려웠기 때문이다.

다만 이것도 만능은 아니라 지금쯤 소식이 알려졌을 수 있었다.

'적이 움직이더라도 며칠만 막으면 된다. 원정을 끝낸 주군께서 돌아오실 거야.'

크림슨 남작은 지는 해를 바라봤다.

태양이 신성 보호막에 부딪쳐 아름답게 산란했다.

마물이 통과할 수 없는 벽.

변경백이 오라클 영지를 점령하고 나면 한결 살기가 편해질 것이다.

두두두두!

"남작님! 락시도 자작님의 군대입니다!"

"락시도 자작님?"

황혼이 저무는 평야 위를 500명의 보병이 달리고 있었다.

뭔가에 쫓기듯이 오는 게 좋지 않은 일이 발생한 모양이다.

'설마……?'

머리에 경각심이 커졌다.

척 보기에도 남루해 보이는 군대였다.

패배했을 가능성도 생각해야 한다.

"문을 열어라!"

성문 앞에서 락시도 자작이 '명령' 했다.

크림슨 남작이 잠시 망설였지만, 자작은 상급자였다.

고민은 길지 않았다.

쿠구구구!

육중한 성문이 열렸다.

크림슨 남작은 바로 성벽을 내려왔다.

"자작님! 이게 어떻게 된 일입니까?"

"여신께서 천사를 이 땅에 보냈고, 우리는 패배했다."

"예!?"

웅성웅성.

충격적인 소식이었다.

하늘에서 천사가 내려왔다?

그런 헛소리를 한 번에 믿을 수 있는 사람이 대체 어디 있을까.

그러나 자작은 진지했다.

"선지자께서 진군하신다. 그러니 선택하라!"

"……!"

"여신을 따를 것인지, 지옥에서 썩을 것인지."

패잔병인 줄 알았던 병사들이 아군에게 창검을 들이댔다.

크림슨 남작은 매우 당혹스러웠다.

영지를 방어하던 병사들도 좀처럼 갈피를 잡지 못했다.

"자작님! 악마에게 씌었기라도 했습니까? 하늘에서 천사가 땅에 내려와 패했다니요? 여신이 개입하기라도 했다는 말씀입니까?"

"내 명예를 걸고 맹세하건대 진실이다. 병사들도 전부 보았으니 확인해 봐라."

"그 무슨……."

병사들에게 확인하기도 전에 그들은 알아서 증언했다.

"분명히 천사였습니다. 그분은 선지자와 항상 함께하십니다."

"오라클 영지에서는 죽은 병사들이 생환했다고 합니다."

"죽은 자들이 돌아와!?"

"내가 직접 봤다."

락시도 자작은 쐐기를 박아 버렸다.

단번에 사기가 저하되었다.

여신이 개입했는지 어쩐지는 몰라도 변경백은 패배했고 대군이 몰려왔다.

그 앞을 가로막는 것이 과연 옳은 일인가?

락시도가 하늘을 가리켰다.

"저 멀리 펼쳐진 신성 보호막을 보아라. 여신의 땅이라는 증거다. 보호막은 왕국 북부를 넘어 계속 확장 중에 있다. 이것이 우연이겠나?

지금껏 존재하지 않았던 기현상.

변경백은 출병 전에 저것을 신성 마법의 일종으로 보았지만, 누가 그 넓은 범위에 신성 마법을 사용할 수 있는지는 알 수 없었다.

하지만 그게 여신의 땅이라는 증거라면?

크림슨 남작은 여신의 군대에 대항에 지옥에 떨어질 만큼 간덩이가 부은 인간이 아니다.

싸운다고 이길 수 있을 것 같지도 않았고.

다시 이어지는 목소리.

"신성 군주께서 오신다. 직접 천사를 영접해라. 천사가 보이지 않으면 전쟁을 벌이든 말든 상관하지 않겠다."

"하……. 그러겠습니다."

크림슨 남작은 검을 내렸다.

기사와 병사들도 마찬가지였다.

오히려 그들의 눈에는 기대감이 어리기 시작했다.

"와아아아!"

여기저기서 환호성이 울려 퍼졌다.

아론은 긴장을 늦추지 않으면서도 손을 흔들었다.

'뜻밖인데?'

반발이 이어질 것이라고 생각했다.

디펜스 워를 플레이할 때에도 종종 공성전을 했던 기억이 있었기 때문이다.

하지만 전투는 없었다.

아론의 바람대로 무혈입성했던 것이다.

'이유가 뭘까.'

그건 얼마 지나지 않아 밝혀졌다.

"자작님 말씀이 맞았어. 정말로 천사가 강림했잖아?"

"원래 천사가 저렇게 작았나?"

"모르지. 실제로 천사를 본 사람은 없으니까."

펫의 존재 때문이었다.

아론은 게임 스토리와 달리 먼저 천사 펫을 얻고 전쟁을 벌였다.

락시도 자작을 첩자로 보낸 것도 처음이었다.

단순히 외부의 군대가 들어온 것이 아니라 락시도 자작

과 그를 따르는 기사들이 증언했기에 손쉽게 바르다힌 영지를 접수할 수 있었던 거다.

물론, 이것만으로 반발을 모두 눌렀다고 보기는 힘들다.

'의심하는 자들도 있다. 많은 백성이 환호하지만 모두 그런 것은 아니지.'

그래도 괜찮다.

기사와 병사들은 프라이드가 있지만, 백성들 입장에서 보면 예전보다 든든한 방패가 생겼으니 나쁠 것 없다고 보는 것이다.

도시 광장에 크림슨 남작을 비롯한 기사들이 무릎 꿇고 있었다.

"신성 군주를 뵙습니다!"

"환대해 주어 고맙구나."

"여신의 군대가 입성하였으니 어찌 기쁘지 않겠습니까? 대륙은 악마로 들끓고 있으니 여신의 세력에 편입하는 것이 옳은 줄 아옵니다."

"잘 생각했다."

"하오나 정말로 여신께서 역사하신 것인지는 확인이 더 필요할 것입니다. 저는 천사의 모습을 보고 확신했지만 일부는 그리 생각하지 않습니다."

"당연히 그렇겠지."

어떻게 설득해야 할까?

아론은 고민하지 않았다.
'신성한 오라.'
파아앙!

사방 300m 내에 신성의 오라가 발현됩니다.
HP 회복률 +6
언데드에 대한 대미지 +6
힘 +2, 체력 +2

"……!"
아론을 중심으로 수백 미터 반경에 신성한 오라가 발현되었다.
사람들이 사정권에 들어오며 몸이 회복되었다.
가벼운 감기부터 시작해 자상이나 자잘한 부상에 이르기까지.
전체적으로 힐을 사용한 효과가 있었기에 기적으로 보이기에 충분했다.
오라 안에 들어오면 회복 효과도 있지만, 힘과 체력이 일시적으로 상승하며 몸이 평상시와 다르다는 느낌을 확 받는다.
쿵!
크림슨 남작과 기사들은 바닥에 머리를 박았다.

쿵! 쿵!

그들의 이마가 깨지며 피가 흘렀다.

그것도 잠시.

신성한 오라 효과에 의해 회복되었다.

"감히, 신성 군주를 의심한 죄. 죽어 마땅합니다."

"일어나라."

"예!"

"경들이 충성을 맹세했다고 봐도 되는가."

"충성을 맹세하겠습니다!"

크림슨 남작이 충성을 맹세하기에 기사들도 얼떨결에 그 분위기에 휩쓸렸다.

그들이 무릎을 꿇자 영지를 수비하던 군대도 무릎을 꿇었다.

백성들에게까지 전염되기 시작하였으니 천사의 효과는 매우 탁월했다.

'펫이 아니었으면 곤란할 뻔했어.'

이 대륙에 여신의 권위가 살아 있다는 뜻이다.

아론은 마땅히 한마디를 해야 할 필요성을 느꼈다.

"여신께서 우리를 선택했다. 인간의 이기심으로 세상이 멸망하였기에 선택받은 자들이 세상을 재건할 의무가 있는 것이다. 앞으로 고난과 시련이 수반되겠으나 너희 스스로가 운명을 거머쥐고 노력한다면 반드시 영광을 누리리라."

"여신을 위하여!"

아론이 사람들의 면면을 살폈다.

군중 심리로 전체가 복종하는 것으로 보이지만, 그렇지는 않다.

모든 사람을 복종시키기 위해 해야 할 일이 명확했다.

'바르다힌 영애를 휘하에 둔다.'

변경백은 죽으며 많은 유산을 남겼다.

그중의 으뜸은 A급 인재 레오나 바르다힌 영애일 것이다.

제11장
A급 인재

바르다힌 영주성 집무실.

아론은 곳곳에 걸린 미술품을 보며 혀를 내둘렀다.

이 망해 가는 세상에서도 변경백은 사치를 일삼았다.

영주가 검소했다면 지금보다는 상황이 나았을 거라 장담할 수 있었다.

"이 인간도 어지간했어."

제국의 영지를 점령한 과정에서 큰 문제가 일어나지 않았던 것은 여신의 이름을 앞세운 이유도 있었지만, 변경백이 그다지 좋은 귀족이 아니었다는 이유가 컸다.

아론이 여신의 이름을 들먹였기에 최소한 수탈을 하지 않을 거란 기대가 있었을 것이다.

백성들은 현명한 선택을 내렸다.

해가 떨어져 컴컴해진 영지.

이곳 백성들은 오라클 영지보다 밤을 더 조심했다.

검은 안개가 곳곳에 깔려 있었기에 밖으로 돌아다니다 마물에 잡혀 먹을 거라 여긴 것이다.

물론, 도시 안쪽에서는 그런 일이 벌어지지는 않는다.

실제로 그런 일이 벌어졌다면 변경백이 진즉에 본령을 버렸을 것이다.

아론은 도시가 구원받았다는 소문을 퍼뜨렸다.

여전히 불안감이 깔린 것은 소문을 100% 신뢰하지 않기 때문이라 여겼다.

시점이 초반을 넘기며 여신에 대한 절대적인 지지가 희석되는 중이다.

그렇다면 어떤 식으로 지배력을 강화해야 할까?

레오나 영애를 끌어들이는 것이 정석이었다.

선대 변경백이 개판으로 정치를 했어도 바르다힌 가문은 영지의 구심점이었다.

아론은 좋게 봐도 점령자였으니, 내부 결속을 위해서라도 그녀를 끌어들여야 했다.

"아직 혼인 동맹 카드를 쓰긴 아까운데."

최악의 경우에는 혼인 동맹도 고려할 것이다.

디펜스 워에서는 혼인이 아주 중요한 카드였다.

첩은 들일 수 있어도 본처는 하나여야 했다.

가능하면 거대한 세력과 동맹을 추진하기 위해 결혼이란 카드를 사용하는 것이 맞다.

제후가 연애결혼을 한다는 결말은 존재하지 않는다.

이 카드는 최대한 아끼겠지만, 최악의 경우에는 사용해야 한다는 결론에 도달했다.

똑똑.

아론이 생각에 잠겨 있을 때, 에리아 경이 들어왔다.

"피곤하지 않나."

"이틀 정도는 괜찮습니다."

"너무 무리하지는 말도록. 앞으로도 해야 할 일이 많으니까."

"명심하겠습니다."

"레오나 영애를 불러오고, 경은 쉬어라."

"예, 주군."

그녀는 명령을 이행하기 위해 사라졌다.

아론은 숨을 한 번 몰아쉬었다.

"영애의 성격은 어떨까? 순종적이었으면 좋겠는데."

일부 NPC의 성격은 회 차마다 다르게 나타난다.

아론은 가능하면 레오나 영애가 혼인 카드를 사용해야 할 만큼 의심 많은 여자가 아니길 바랐다.

영주성, 레오나 영애의 방.

영지가 어둠에 잠겼으나 그녀는 쉽게 잠을 이루지 못했다.

방금 영지에 엄청난 변화가 일어났기 때문이다.

"아론 오라클 공작."

다른 말로는 신성 군주.

오라클 영지를 점령하기 위해 나섰던 그녀의 아버지는 패배했다.

듣기론, 전투 중 전사했다고 한다.

아버지가 죽었지만 딱히 오라클 공작을 원망하진 않았다.

[너는 가문의 존속을 위해 변경백이 되어야 한다.]

무남독녀 외동딸인 레오나는 어려서부터 혹독한 교육을 받아 왔다.

변경백이 원한다면 데릴사위를 들이는 방법도 있었으나, 제국에는 여제후가 존재하였으므로 그녀 역시 가문의 직계로서 작위를 잇게 할 생각이었다.

제국의 법이 여성에게 관대해도 여제후가 되기에는 많은 어려움이 있었다.

무시당하지 않으려면 능력이 있어야 했다.

그런 이유로 어린 시절부터 쉴 시간 따위 없이 혹사당했다.

'제후 따위는 되고 싶지 않았어.'

아버지의 욕심으로 그녀는 몸에 맞지 않은 옷을 입은 기분이었다.

불행인지 다행이지 다방면에서 두각을 드러내 검술, 정치, 문학, 경제 등에서 뛰어난 성적을 거두었다.

2년 전에는 제국 황실 아카데미를 수석으로 졸업하고 돌아와 아버지를 돕고 있었다.

주변의 압박과 기대감에 그녀는 점점 냉혹한 성격이 되어 갔다.

본심은 그렇지 않았으나 본래의 성격을 감추지 않으면 도저히 살아남을 수 없었기 때문이다.

제국의 수도가 무너진 후에는 더욱 그녀에게 거는 기대가 커졌다.

종종 전장에 나가 검을 휘둘렀으며, 아버지를 대리해 영지를 통치하기도 했다.

그러던 어느 날, 변경백은 오라클 영지를 정벌하겠다고 나섰다.

[레오나, 너를 믿는다. 내가 없으면 네가 이 땅을 다스려야 할 것이야.]

'내가 잘 할 수 있을까?'

그녀가 승리를 기원한 것은 도저히 영지를 다스릴 자신

이 없었기 때문이다.

그런 와중에 들린 소식.

[아가씨! 오라클 공작이 영지를 점령했습니다!]
[그래?]
[피하셔야 하지 않을까요?]
[어째서 내가 피해야 하지?]

소식을 전해 온 집사는 아무런 대답도 하지 못했다.
그녀는 움직이지 않았다.
그럴 필요성을 느끼지 못했기 때문이다.
아론 오라클 공작에 대한 소문은 들었다.
신성 일치를 구현하고 스스로 신의 사도임을 참칭하는 존재.
온갖 사악한 소문이 다 돌았다.
하지만 직접 그를 본 레오나의 생각은 달랐다.
"천사의 등장. 강력한 무력과 리더십. 그러면 이 영지를 잘 통치하겠지."
똑똑.
"누구지?"
"오라클 영지의 기사 에리아 미리엄이라 합니다. 공작님께서 영애를 모셔 오라 명령하셨습니다."

"안 그래도 기다리고 있었어."

레오나는 자리를 털고 일어났다.

'이제야 무거운 짐을 내려놓겠구나.'

'차갑군.'

아론이 레오나 영애를 마주하며 느낀 첫인상이었다.

"레오나 바르다힌이에요. 뵙게 되어 영광이에요."

완벽한 예법이지만, 마치 기계를 마주하고 있는 것 같았다.

표정에는 아무런 변화조차 없었으며, 속을 꿰뚫어 볼 수도 없었다.

하지만 아론은 고인물이 아닌가.

바르다힌 변경백과의 전쟁에서 승리한 후, 수도 없이 변경백령을 점령해 보았기에 게임 속에서 항상 그녀와 마주했었다.

'C타입인가?'

아론의 분석에 의하면 레오나 바르다힌은 회 차마다 성격이 바뀌는 대표적인 NPC다.

그렇다고 무시할 수 없는 것이 A급 능력을 갖추고 있는 인재였기 때문이다.

공략을 위해 항상 연구했으며, 그에 따른 공략법도 당연히 가지고 있었다.

레오나 영애의 성격은 3가지로 구분된다.

가문을 위해 살아가며, 아버지의 죽음에 분노하는 A타입.

제일 성가신 타입이 걸리지 않아 다행이었다.

타협이 안 되면 죽여야 했으니, A타입에 걸렸다면 손실이 심했을 것이다.

두 번째는 소심해서 아론의 뜻에 무조건 휘둘리는 B타입.

나중에는 신앙심까지 생겨 플레이에 많은 도움을 줄 것이다.

불행히도 그녀는 B타입이 아니었다.

마지막으로는 '자포자기' 형이라고 할 수 있는 C타입.

무남독녀 외동딸로 제후가 되기 위해 길러져 능력은 출중하였지만, 스스로 제후에는 어울리지 않는다고 생각해 마음의 문을 닫아 버렸다.

아론에게 영지가 빼앗긴 후에는 후련하게 속세를 등져 버리는 골치 아픈 여자였다.

영지를 나서서는 어찌 될까?

얼마 못 가 몬스터에게 맞아 죽는다.

그 소식이 영지에 퍼져 아주 곤욕을 치렀던 기억도 있다.

눈앞에 있는 여자는 그토록 속을 썩였던 C타입이었다.

아론은 숨을 몰아쉬었다.

무조건 그녀를 잡아야 한다.

"아론 오라클이다. 이 영지를 점령했지."

"축하드려요."

"축하……? 내가 네 아버지를 죽였다. 원망스럽지도 않나."

"그래야 하나요?"

"……."

애매하다는 표정이었다.

아버지를 죽인 원수가 눈앞에 있는데 별생각이 없다?

그 미친 성격은 현실에서도 발현되었다.

"원망하지 않는다는 건가?"

"어쩌겠어요. 정당하게 대결했고 패배했는데. 당신을 원망한다고 아버지가 살아 돌아오시는 것도 아니잖아요."

'강적이네.'

그녀는 아론에게 모든 책임을 전가하고 떠날 준비를 하는 것이 틀림없었다.

그래서는 안 되는 일이다.

게임 속에서는 선택지가 별로 없었지만, 지금은 다르다.

"어린 시절부터 겪어 온 중압감, 그 때문에 마음의 문을 닫았고 영주 따위는 되고 싶지 않았지. 지금은 내가 이 땅을 점령한 것에 후련함을 느끼고 있다. 너는 떠날 생각을 하고 있기 때문이다."

"……!"

레오나의 눈동자가 흔들렸다.

마치 그걸 어떻게 알았냐는 듯.

"여신께서 계시하셨다."

"신정 일치를 구현하셨다더니 능수능란하시네요."

"사실이기 때문이지."

아론은 천사 펫을 가리켰다.

웬만한 사람은 천사가 곁에 있는 것만 봐도 무릎을 꿇는다.

그녀에게는 별 효과가 없는 것 같았지만.

"모든 것을 알고 계신다니 잘 됐군요. 당신의 말대로 저는 경영에 관심이 없어요. 그러니 놓아주신다면 소리 없이 사라져 줄게요."

"지금 영지를 나서면 죽는다. 그걸 알고 하는 소리인가."

"객사한다면 그 역시 운명이겠죠."

"하……."

과연 C타입이었다.

모든 것을 자포자기한 인간답게 죽으면 오히려 편하겠다고 느낀다.

아론은 직설적으로 말했다.

"2년만 봉사해라."

"혼인 동맹을 추진하겠다는 건가요? 그러다 부인을 잃으실 텐데."

"착각 마라. 내가 인생만사 포기한 여자와 결혼할 만큼 멍청해 보이나? 네가 객사하면 이 지역을 통치하기 힘들어지니, 2년만 내 곁에 붙어 있으라는 뜻이다. 이후에는 놓아주마."

"제가 얻는 것이 없군요. 딱히 죽어도 상관없기도 하고."

"골치 아픈 영지 일 따위는 내게 맡겨라. 2년 동안 하고 싶은 일을 하면 된다. 행정, 군사, 특수 정보부, 농업, 산술 등 어떤 보직이든 상관없다."

"특수 정보부?"

표정 없이 이야기를 듣던 레오나의 눈에 흥미가 깃들었다.

찰나의 순간이었지만 아론은 그 틈을 놓치지 않았다.

"특수 정보부는 요인 암살, 추적, 침투, 정보, 특수 작전을 다루는 보직이다. 관심 있나?"

"재밌겠는데요?"

"해 보겠나."

"딱 2년이라면."

"계약은 성사되었다."

아론은 가슴을 쓸어내렸다.

도대체 제 아비와는 영 딴판이었다.

살기 위해서라면 개처럼 짖던 변경백의 딸이 세상만사

포기한 인간이라니.

그녀의 행동을 봐서는 목을 친다고 해도 마음대로 하라고 할 것 같았다.

천만다행으로 잡아 두는 데는 성공했다.

인생은 달관했으나 약속만큼은 지키는 여자였으니, 특수 정보부에 묶어 두면 영지에 어떤 식으로든 도움이 될 것이다.

다음 날 아침.

아론은 일찍부터 에리아 경과 레오나를 호출했다.

특수 정보부는 군 관련 보직이다.

정보원이 되겠다는 것은 군인이 되겠다는 뜻.

레오나는 약속을 지켰다.

밤새 무슨 생각을 했는지, 신병처럼 꼿꼿한 자세로 명령을 대기했다.

'대충 행동의 알고리즘이 짐작되지만, 그 머릿속을 알 수가 있어야지.'

이런 때는 굴려야 한다.

"레오나, 너는 앞으로 오라클 영지군에 입대한다. 군인의 신분으로 특수 정보부 요원이 되는 것이다. 동의하나?"

"동의해요."

"에리아 경."

"예, 주군."

"영애는 뛰어난 인재다. 인생을 자포자기했다는 것이 문제이지만, 2년 동안 내 밑에 있기로 약속했으니 갑자기 도망치거나 하지는 않을 거야."

"제게 원하시는 것이······?"

"영애를 굴려라. 그리고 살아 있음을 깨닫게 하라. 이 여자는 정신 개조가 필요한 것 같다."

"명을 받듭니다."

에리아 경의 눈이 빛났다.

어떤 임무도 눈 하나 깜짝하지 않고 처리하는 철인, 에리아 미리엄.

능력은 있지만 인생에 별다른 흥미를 느끼지 못하고 자포자기가 일상인 레오나 바르다힌.

비슷하면서도 완전히 다른 성격의 두 여자가 만났으니 꽤 볼 만할 것이다.

『디펜스 게임의 군주가 되었다』 5권에서 계속